其中大有文章

QI ZHONG
DA YOU WEN ZHANG

徐贵祥 等

\ 著

中国文史出版社

目　　录

一、师　　说

二、学　说

三、习　作

四、小　语

前　　言

2018 年 9 月 3 日至 9 月 29 日，国防大学军事文化学院军事文艺创演系在徐贵祥主任的带领下，共有11 名干部教员，以及文学、音乐、戏剧、舞蹈四个专业的 39 名学员，共赴河北"其中口"进行为期一个月的创作实习。

此次活动以聚焦强军目标为指导思想，端正办学方向，对接部队需求，培养文艺人才。瞄准目标任务，提高新形势下带兵任职能力，培养一专多能文艺素质。具体地讲有"五个一工程"——学会一门手艺，结交一个战友，采访一个典型，创作一篇作品，撰写一篇体会。

让心灵开花

——在文艺创演系创作实习动员会上的讲话

徐贵祥

　　这个动员，我从往事说起。我刚到解放军艺术学院工作的时候，文学系正在进行一项工作——完成国家广电总局扶持青年电影编剧计划赋予军艺的任务。那是我第一次看到学生的作品，尽管我们一再强调突出军事题材，但是交上来的作品却让人非常失望，大都游离于军营生活之外，让他写军校生活，他写军校里打扫卫生的大妈，写军营树上的鸟，就是写不好军人和军事生活。更有甚者，有的同学连营长、连长和排长的上下级关系都搞不清楚，军事常识和军营生活经验接近于零。这件事情对我刺激很大。

　　这些年，学院一直强调，我们的文艺教育和创作演出，要体现军事特色，要有军味兵味。我本人也经常思考，怎样让学生尽快融入和熟悉军营生活。从2016年开始，原文学系形成惯例，每年暑假之后，开学的第一个月，把即将毕业的学生带到部队，任务目标是"五个一工程"：学会一门手艺，结交一个战友，采访一个典型，创作一篇作品，撰写一篇体会。学生由不适应到适应，由编造各种理由请假到依依不舍，很快就明确了创作方向，获取了创作素材，产生了创作灵感，写出了《蓝孔雀》《夫妻哨》《二个人的部队》等作品，先后发表在《解放军报》《解放军文艺》《军营文化天地》等刊物上。同时，师生还就地取材，创作文艺节目，同部队联欢，有声有色。多数同学反映，那一个月的收获、悟出来的道理、学到的技巧、逼出来的能力，是过去在学校半年也达不到的。我不认为这是夸张。

　　前几年，到部队实习的，仅文学系毕业班六七个人，这一次，是文学、戏剧、音乐、舞蹈四个专业，还有创作老师，可以说，就是一个完整的乌兰牧骑。同学们可以创作新作品，也可以改编前两次同学创作的作品。创作不仅是文学专业的事情，所有专业的同学都要增强创作意识。现在部队专业文艺团体锐减，以后，我们的学生到部队，没有那么多专业岗位了，那怎么办？那就要从一枝独秀到一专多能，编、导、演、组织都要会，只有我们成为多面手，才能在部队留得住、站得稳、干得好。

　　讲个插曲。上半年戏剧专业的毕业大戏《历史的天空》，使我很受启发，我甚至认为，从目前的教学结构和效果看，戏剧专业的教学更有利于培养作家。《历史的天空》本来没有剧本，只有小说，老师把角色分配给学生，每个人自己从原著里找戏，张同学找梁大牙的戏，李同学找东方闻音的戏，赵同学找岳秀英的戏，这一招出乎意料地有效，同学们积极性很高，因为他找不到戏，他就没戏了。找到戏，还得跟配戏的对手磨合、协调，逻辑关系清晰，还得争取老师的支持和指导。若干回合下来，这些学生，不仅提高了表演能力，还提高了编剧能力、导演能力和组织能力。这个毕业作品口碑很好，演了十几场，感动了很多人。别人并不知道，这个剧的团队，其实就是赵晶晶老师带八九个学生，台词、表演、形体老师也参与了，但是主导者都是赵晶晶的团队，主要困难都是他们克服的。由此可见，时势造英雄，困难见好汉；也由此可见，实践教学是多么重要！

古人云，学而时习之，学是要讲方法的，练也要讲方法，实践中摸出的方法是最靠谱的方法，自己悟出来的方法是最有效的方法。我们这次到部队，就是摸索文艺教学和文艺创作最有效的方法。方法有千条万条，但是掌握方法有个前提，就是兴趣。有了兴趣，遍地黄金，每一个生活细节都是素材，都能产生灵感。没有兴趣，哪怕部队天天都在战天斗地，每时每刻都有矛盾冲突，他也视而不见两眼漆黑。

这里我给大家举一个例子。2013年秋天，我们组织 2010 级学生下部队，有个学生反映伙食不好，没有肉吃。我就跟他们讲，没有肉吃好啊，一盆菜上来了，你举筷子去夹肉，这是生活。但是你不举筷子，你看别人去吃肉，看他举筷子时候的表情、动作和其他人的反应，这才是体验生活。这样一讲，大家就明白了，什么是生活，什么是体验生活。体验生活，看到了什么听到了什么并不重要，重要的是想到了什么。

关于体验生活，过去，文学系有个口号：根朝下扎，树往上长。这不仅是观念问题、态度问题，其实也是方法问题、技巧问题。只有根朝下扎，才有可能长出大树。经历不是经过，需要用心感悟。为什么同样到部队，有些同学满载而归，有些同学两手空空，这不仅是眼睛的问题，更是心的问题，没有一颗敏感的心，没有一双敏锐的眼睛，那就只能盯着菜盆找肉了，可能会多吃几块肉，却与最宝贵的文艺发现失之交臂。

今年 4 月，三大条令试行版下发了，我第一时间拿到一套，有时间就看，看得浮想联翩。三大条令就是军营文化的酵母，军营生活表现的诗意，军事文学创作的美感，很多都同三大条令有关。比如说《内务条令》，从行为举止到衣食住行，关于发型、着装、礼节、仪式等都有规定，都存在着可能的诗意。《内务条令》试行版第八十四条，有这么一段规定："军

4

人不得在非雨雪天气打伞，打伞时应当使用黑色雨伞，通常左手持伞。"我在读这条规定的时候，脑海里至少想起了两把伞，一是戴望舒《雨巷》里的油纸伞，二是余光中《听听那冷雨》里面的千伞万伞。金戈铁马塞上，杏花春雨江南，假如一群左手举着黑伞的人同时出现在某时某处，你一眼就能看出那是一群军人，那群军人的背后一定有故事。老师和同学们到了营区之后，你会发现，军营生活有很多情境，不仅可以写小说，也可以编成舞蹈、音乐，比如我们的舞蹈《新军靴》，比如我曾经想搞而没有搞成的舞剧《炮兵之潇洒舞步》，没准这次可以编一个歌舞剧《巡线路上》。

　　我今天主要谈教学和创作问题，学员的行政管理、思想工作、后勤保障、一日生活秩序和保密，由学员大队李昌明同志负责，严格执行相关规定，老师积极配合。这里明确一下，学员的请销假权限在学员队，老师的请销假权限由我和张湘东同志掌握。我本人，除非单位有重要任务，一般不会离开部队。我强调一点，我们的学员下部队，是实习，是学习，不能有军校学员的优越。过去王功远给他们佩戴二等兵的军衔，这次人多，没有那么多肩章，不换肩章也没有关系，但是要把自己当作普通一兵，要尊重部队的战友，服从连队的管理。连队干什么，我们就干什么；连队怎么干，我们就怎么干；连队干得怎样，我们就干得怎么样。

现在我要讲一个问题。大家看看，就这一会儿工夫，台下是个什么景象？怎么坐的，有的两手托着腮，有的歪着脑袋，感觉有点乱。王功远同志现在是学员大队的队长了，不再是文学系的学员队长了，全院的学员都归你管，你不归我管了，但是我还是对你提个要求，我希望你们加强规范，这两天一定要解决坐相问题。我的基本要求就是，我们的学员到了部队，不能让人一眼就看出来，这一块是部队的官兵，那一块是军事文化学院的学生。连坐都坐不好，将来怎么带兵啊！从形象抓起，从细节抓起，严格要求，绝不放松。

我们的老师，也是去学习，要放下架子。我身边这位，文艺创作教研室主任栾凯，是首批实习带队干部。我昨天跟他讲，你们这些艺术家、大知识分子，不像我们土生土长，你们对部队不熟悉。这次实习，对你也是个锻炼，也是个提高。要向部队学习，学习带兵，学习管理，学习创作，熟悉部队生活，增强军营感情。同学们都知道，栾凯老师是大作曲家，但是他很低调，态度很好，表示绝不摆谱，当好普通一兵。我希望参加实习的所有老师，包括后面轮换的教研室主任和老师，都要有普通一兵的意识。

我们要去的营区，只是一个营，营长和教导员都很年轻，我们的老师，包括以后轮流去的，军衔都很高，人家在管理上会有所顾忌。我们要自觉地服从管理，虚心地学习，真诚地尊重部队的同志。坦率地说，我是很欣赏他那几个干部的。营长刘奇功跟我一样，土生土长的，比我强的是有经验，有恒心，有担当，坚持基层数年，像一个老农民一样经营他的营区，他非常像我《弹道无痕》里的老兵。教导员名叫欧祖常，老家在广西大山里，北京理工大学毕业的国防生。我跟他聊天，表扬他的坚守和能力。他说，我家里那么穷，老天爷给我一条路，我得把它走好。讲得多么朴实啊！他那个部队，还有很多训练尖子标兵、标杆，女兵六朵金花的故事，都很感人，都能激发创作灵感，我们的师生要好好学习。另外，特别值得一提的是，那个部队还保留了几幢房子的老营盘，能让我们看到艰苦岁月的苍凉与悲壮，能让我们产生很多联想，这也是我坚持把实习地点选在那里的重要原因。

学院首长对创作实习高度重视，指示我们着力培养"姓军为战"、为部队战斗力提供正能量的军队文艺人才，创作出贴近部队、贴近生活、贴近实战的文艺作品。认真总结经验，为办学思想大讨论提供实践依据。学院机关，特别是教务处徐惠冬处长、孙东副处长，暑假期间还在呈报各种请示，帮助我们协调各种关系，因此使活动能够按计划展开。同时，非常有幸的是，这次实习，也得到了信息化基地首长的大力支持和关怀，解决了很多实际困难。因为人多，启用了封存的营房，连床板都是临时调配的。部队学习训练任务很重，还要分出精力来给我们传帮带。基地政治工作部的干部蒋杉杉是你们的师姐，原解放军艺术学院文学系毕业的本科生和研究生，带着感情，带着对师弟师妹的期待，不遗余力地推动这项工作，每天都在协调解决具体困难。这次实习，确实来之不易，大家要珍惜，要用丰富的创演成果，回报军事文化学院党委、信息化基地首长和所有关心、支持实习的领导、老师、战友。

昨天，我在报纸上看到习近平总书记给中央美术学院老教授的回信里讲，做好美育工作，要坚持立德树人，扎根时代生活，遵循美育特点，弘扬中华美育精神，让祖国青年一代身心都健康成长。这段话对我启发很大。我们是军事文化学院的师生，同时也是美育的工作者和创造者，我们不要小看我们的文艺创作实习活动，事实上，包括一切文艺门类的美育，关系到国家和民族的命运和未来。我们的实习见效了，就会产生一部好的作品，一部作品成功了，就能美化很多人的心灵，这些人的心灵健康了，又能改变更多的人，如果我们每个美育工作者都能在心灵开出一朵美丽的花朵，这个世界就会鲜花盛开。

（2018 年 9 月 2 日）

一、师　说

彩虹从这里升起

徐贵祥*

太行山腹地的一个小山村，驻扎着战略支援部队的一支小分队。三年前的金秋时节，按照教学计划，我带领七名学员来到这里，当兵锻炼，体验生活，研究创作方法，探索办学方向，产生了很多故事。特别让人惊喜的是，这里还有一座保存完好的老营盘，给同学们带来丰富的联想。从此，这个偏僻的小山村就成了在校师生心向往之的地方。去年，我们又来了，临走的时候，依依惜别，同学们上车前挥手大喊：我们还会回来的。

今年9月3日，开学典礼结束后，我们就登车出发了。行前，我做了一个简短的动员，大意是鼓励同学们，根朝下扎，树往上长，一头扎进火热的军营生活，从那里寻觅文艺的种子，让心灵开花。我说，如

＊ 作者为军事文艺创演系主任。

果我们每个人都在心灵开出一朵美丽的花朵，这个世界就会鲜花盛开。

在改革强军中重建的国防大学军事文化学院文艺创演系，集文学、音乐、戏剧、舞蹈等四个专业的师资力量于一体，所以这一次队伍更大了，六名教员带来了三十九名大四学生。放下背包，就紧锣密鼓地展开各种活动，组织经典音乐会，举办部队文艺专业讲座，组织野外长途拉练，等等。到达驻地的第三天，部队的同志提出需求，给驻地搞个文化扶贫活动，老师们商量了一下，欣然允诺。首批参加实习的艺术创作教研室主任栾凯担任总导演，不到一周就把学员的作业整合成一台特色鲜明、突出军民鱼水情谊主题的晚会。栾凯把这一切准备就绪之后，按计划返回学校，第二阶段的教学组织由音乐教研室主任梁召今接替。

晚会定在9月11日下午6点半举行，场地选择在别无选择的村部露天戏台。11日下午3点，梁召今、郭震、黄佳园等老师，学员队干部李昌明，驻军领导刘奇功、欧祖常等前往"大戏台"组织走台，调试简陋的设备。村里的大喇叭一遍又一遍地广播：解放军的文艺兵来了，请大家早点吃饭，带上凳子……大山沟壑里不时回荡起村主任那兴奋和急切的声音。

一切按计划进行，唯有老天爷不在我们的计划之中，几天来一直晴朗的天空，下午突然阴云密布，4

点半前后，先是一阵淅淅沥沥的小雨，接着倾盆大雨弥漫了山谷。当时我正在住处写歌词，闻听雨声，不免担忧，找了一把伞，匆匆赶到现场，远远望去，召今正在台上讲话。师生们的情绪没有受到太大的影响，我顿时宽慰了许多，也更加担忧：倘若这雨下个不停，如何是好？

露天广场上，只有一个村干部站在雨地，不停地打电话。我向他了解当地降水情况，他说，以往，9月份很少下雨，就是下，也是匆匆路过，像这样大规模并且持久地下雨，他还是第一次见到，他也拿不准什么时候能停。当时我心里想，老天爷真不够意思，这么一个小小的活动，也值得惊动您老人家来过问？

走上戏台，我问召今怎么办，召今说，坚持到6点半，如果雨不停，就回营房吃饭。我说好，就这么办。我到戏台两边的厢房走了一趟，观察学员们的情绪。一个同学说，此时此刻，我感觉我们这些同学，和老师，和部队的同志，和村里的群众，思想高度统一，情感高度一致。我们都在关心一个问题，这雨什么时候能停下来啊！

这个同学的话让我改变了主意。我和召今商量，天变我不变，坚定6点半，你在台上练，我在下面看。我的决心是，只要有一个人，我们就要演。哪怕一个人没有，还是要演，我一个人坐在下面当观众，反正我们是野战行动，就算是一次彩排，我让人送饭来。召今说，好。这时已经是下午五点五十五分了。我当时还有一个隐秘的心理，我甚至希望雨就这么下着，或者我一个人打伞坐在台下，或者几把、十几把伞出现在台下，如果台下有一百把花花绿绿的伞，那就是意外的效果，那就是诗。当然，这是一闪而过的念头，我还是希望雨停。

召今把学员们召集到一起，我把刚才的话又说了一遍，问大家有没有信心，没想到回应异乎寻常的整齐，一声坚定的"有"，盖过了外面的雷鸣。

走到台下，又看见了那个村干部，后来知道他叫曹奎章，官兵都喊他"奎哥"。奎哥说，你们要干，我们就看。然后他又一遍一遍地打电话，很快，大喇叭又响了起来：早点吃饭，带上凳子……

为了稳定军心，吸引村民，召今让学员把音响开得很大。我从戏台下来，沿着东边的水泥路，不知不觉中走出了三百多米。我想起了一个经历。小时候，老家也曾经"过队伍"，我们这些农村娃，跟在队伍后面，看拉练的解放军放电影，看他们的战士表演快板书。我后来成为一个军人、一个作家，很难说同那个记忆无关。我还想到，我当战士的时候，部队拉练到了山里，师里的业余文工队在村头慰问演出，台上台下热气腾腾……我就这么东想西想，突然间，似乎听到了一个声音，猛一抬头，吃了一惊——哇，东方的天穹上隐隐约约出现了一道彩色的弧线。我紧盯着那道弧线，没错，彩虹。看看手机，下午六点十二分。我转身快步走了几步，扔掉雨伞，给召今打电话，我想告诉他那个谚语：东边日头西边雨。电话还没有打通，远远地看见广场方向，几个同学奔了出来，十几个同学奔了出来，所有的同学都奔了出来。

转过身去再看彩虹，已由原先的朦胧变得清晰，一道变成两道。复转身，北方的山坳里，出现了白里透黄的晚霞——这一切变化，没超过一分钟。身边的雨虽然还在下着，但势头明显减弱，好像在说，惹你不起，不跟你们较劲了，你们演吧，拜拜，拜拜……那声音越来越弱，终于，到了六点半，一滴雨也没有了。

同学们在广场上欢快地喧闹、拍照。有个女生说，在看到彩虹的那个瞬间，我的眼泪都出来了。老天爷跟同学们开了一个天大的玩笑，又给了同学们一个天大的惊喜。那道美丽的彩虹，就像老天爷的眼睛，开了玩笑之后又慈祥地看着这些喜出望外的孩子们。

"乐在其中全迷彩创作实习惠民文艺晚会"推迟了半个小时零五分钟，在这段时间里，乡村干部来了，县里电视台的人来了，几十年没有出过山的老农民来了。一百五十多名中小学生坐在最前面。后来我跟老师们说，这个晚上，进入孩子心灵的至少有两个元素，一是解放军，二是文艺。十几年后，这些孩子中有人成为军人，成为艺术家，他的梦想可能就是从这个晚上开始的。学生方阵的后面是六排长凳，全部挤满。再往后，是站着的群众，约四百人，来自周边十几个村落。听说同学们还没有吃饭，群众自发地送来了鲜枣、核桃、煮花生、煮玉米……乡里干部说，老天爷护着老百姓呢，因为当地群众晚饭很晚，所以故意下点雨，让你们推迟半个小时，好让更多的人来观看晚会。我说，是的，推迟的这半个小时，就像彩虹一样，也是老天爷送给我们的礼物。

从头至尾，同学们穿着迷彩服，载歌载舞，雨后的山谷里回荡起阵阵歌声、喊声、笑声……歌唱家梁召今登台高歌一曲《草原上升起不落的太阳》，唱着唱着跳下戏台跟群众握手。我感觉后背动静越来越大，回头一看，是一个三四岁的红衣女孩在扒我的肩膀，我把她抱起来，让召今握了一下她的小手，自那以后，身后涌过来的孩子越来越多……

因为情绪高昂，同学们超常发挥，原定的时间拖延了二十多分钟，直到谢幕，群众还久久不肯离开，压轴的合唱《相亲相爱》，被反复唱了好几遍。同学们即兴发挥，你一句我一句高喊：分别是为了更好的相见，我们还会回来的，就像当年的老红军，就像当年的老八路，就像我们的前辈，我们一定会回到太行山，回到根据地，回到老营盘。

第二天清晨，一个乡干部对我说，你们在太行山深处掀起了绿色的旋风，感觉现在还是余音缭绕。我和驻军的同志去向奎哥致谢，路过村部大戏台，看见还有几个村民在那里指指点点。驻军扶贫干部刘洪巍说，那几个人昨晚没有到场，很遗憾，今天一直在那里转来转去。刘洪巍转来一位教师的短信：红军后代文艺兵，山高路险送爱心，真情感动天和地，风雨过后见彩虹。

早操后，我给学员布置作业，然后提了一个问题：那道彩虹是从哪里来的？同学们思忖片刻，交头接耳一阵，然后齐声回答：让心灵开花，那道彩虹是从我们的心里升起来的。

追逐与坚守

张湘东 *

在新的军事文艺创演系成立仪式上，徐贵祥主任曾说道："新成立的军事文艺创演系是原解放军艺术学院的浓缩版和精华版。"是的，新的创演系浓缩了老军艺所有的专业精华和辉煌记忆，老军艺各表演创作专业中曾经的执着与热爱都汇聚到这个新的集体里，成为其天然的血脉。

从老军艺到新的军事文艺创演系，我是亲历者，也是见证者。亲历了这个系从无到有的全部过程，亲历了系里各项基础工程的构建和未来专业发展规划的设计；见证了在改革、重塑、融合过程中我们老师情感的起伏、心态的转变和在新的教学探索中的一次次付出……

在办学思想大讨论的几轮学习中，系里绝大部分

---

* 作者为军事文艺创演系协理员。

老师对改革转型的认识仍然停留在老军艺各专业教学的记忆拓展中。对基层文化需求不了解，对部队文化活动受众对象不了解，对新的军队建设环境下军事文化发展的要求方向不了解，对未来战争形态和文化发展传播战略不了解使我们在学院未来办学定位的讨论中文不对题，集体失语。这是一段痛苦的经历，那种背着辉煌却找不到方向的迷茫，曾经满满的自信却不知从何着手的失落是我们每个创演系人心中的痛。

正因为有了切肤的痛，才有了内心奋起的动力，也才有了坚定推动以"创作实习"为教学改革突破口的决心。"由各专业负责人和任课老师带毕业班到基层部队创作实习、文化服务并体验生活、创作采风和教学调研"由党委书记徐贵祥同志提出后，很快成为系党委的共识。然而，从系党委的建议到真正落实好实习单位，保证创作实习所有环节的到位，中间还隔着很远的距离。其中，徐贵祥主任以强烈的担当和主动作为精神，以一己之力不懈地、不厌其烦地全力推动着这项工作。从活动的报批到实习单位的协调，从方案的设计到带教老师的敲定，到学员在实习中应该完成的教学任务等，徐贵祥主任做得耐心、细致，一丝不苟，一改他往日粗犷、洒脱、不拘细节的工作作风。也正是徐贵祥主任这种坚定的决心和坚韧的态度影响着我，感染着我。徐贵祥主任是作协副主席、知名作家，而且马上就到退休年龄，亲眼所见有一大堆的人等着他，请他讲课，请他谈作品，请他写序，有一大堆的凡事俗务等着他去关注、处理，而他却选择全程带队参与实习活动。我能感受到徐贵祥主任的用心，老军艺的班底交给了他，他明白自己肩上承负的责任和使命，他知道在大家都陷入迷茫和困境的时候，他必须坚定地站出来，他要带着各教研室主任和教学骨干一起到基层去了解部队需求和我们未来的教学方向，他知道他的存在是保证这次开拓性实习活动质量的关键……同行的师生们都不约而同地感受到徐贵祥主任的用心。老军艺时派人下部队是系领导头疼的一件事，老师们都有着各自的实际困难，每个人都提前规划了自己的时间安排。而这次，所有的教研室主任和老师都提前腾出了时间。其中，一位老师的父亲正在医院进行手术后的化疗，一位教研室主任爱人刚刚怀孕，还有一位女老师在出发前一天查出自己怀孕……然而这些都默默地装在了他们的心里，没有人以任何理由推迟、延误这次实习。整个实习活动紧张有序、欢歌笑语、思如泉涌，每个师生都用激情的文字记录下了这次难忘的旅程，汇聚成这洋洋洒洒 20万字的实习体会和大量的原创作品。细读这些文字，你能真切地感受到老主任对我们改革重塑后学科建设方向的思考脉络和学员能力培养定位的再认识；感受到老师们不知不觉中已在艺术的血脉中植入了军人的坚定和宽广，其视线从舞台转向了练兵场、老营盘和巡线路上，真正地开始关注、思考部队需要什么？我们应该给战士什么？我们还缺少什么？感受到学员们在每一次历练后心灵、能力、认识跃升的轨迹，老营盘下的聆听、徒步拉练的疲惫、跨专业的体验、大雨中的排练、彩虹中的呐喊，每一次激情都能在这里找到回响。这里面的涓涓真情、细心体悟、冷静思索，值得每一个关注、关心老军艺和新创演系的朋友们去细细品味。

27 天时间，50 余人的队伍，4 场大的演出活动，20 万字的文字记录着我们创演系在教学改革转型探索中走出的坚实第一步。作为亲历者，这一步走得很艰辛；作为见证者，这一步走得很坚实。这是改革序幕拉开后，我们创演系第一次庄重的集体亮相，是我们重塑转型后第一次真正意义上对教学的全面探索与研究，正因为走出了这一步，我们的天空才变得宽广，我们的视野才变得开阔，我们的方向才愈加明晰。

历史总是那样的匆忙，很多东西还没有记住便已忘记；历史总是那么的粗放，很少在意平凡人在平凡岗位的真诚付出。在这里要感谢我们的老主任，他的决绝让我们的步伐变得坚定；感谢所有参加创作实习活动的老师，他们的真诚付出使我们的活动激情荡漾、收获满满。若干年后，当你再次翻开这本文集细细品读的时候，希望你还能感受到我们曾经的困窘，还能回忆起我们曾有过的失落，还能触摸到内心的激情和坚定。最最重要的，还能从历史的发展演变中看到这个以艺术形象塑造英雄精神的群体在一次次挑战追逐中对信念与情怀的坚守。

谨以此文见证历史！

致敬我们共同的岁月！

致敬每一次真诚的付出！

我们在路上

——其中口创作实习体会

栾　凯*

　　2018 年 9 月 3 日，在创演系徐贵祥主任的带领下，2015 级毕业班全体学员和各专业负责老师一起来到了其中口这个四面青山环抱的地方，开始了我们创演系成立以来的第一次创作实习。因工作安排我只待了 7 天，但在短短的 7 天中，我收获了感动，收获了锻炼，更收获了教育。一次又一次被战士们的纯洁心灵、高尚品格洗涤着心灵，一次又一次被他们的无悔奉献、纯朴执着打湿着眼眶。在这里，学到和感受到了在大城市、院校里学不到、感受不到的东西，通过每一天和战士们的近距离接触，触碰到了战士的思想，感受到了士兵的淳朴与崇高，懂得了战士的平凡与伟大。大家逐渐融入了军营生活，融入了部队的氛

　　* 作者为军旅艺术创作教研室主任。

围。以前总是提在嘴边但模糊的"为兵服务"变得更加清晰了！具体了！生动了！使大家更加坚定了为兵服务的信念，更加感受到文艺战士肩上这份责任的分量。

在其中口的时间里，我参与了两场晚会的组织和策划工作。通过短短的 7 天，对今后如何为部队服务、培养什么样的部队文化人才，以及院校今后专业开设、课程调整等进行了重新梳理，有了新的认识和思考，有了更深的体会和感受。

一、提高学员的创作能力是当今学院教育转型的重中之重

这次下部队，除了文学是创作专业，其他专业的同学基本没有受过专业的创作培训。当遇到需要表现军营风采、军人情感生活，展现军人理想信念的作品创作时，就处于常识匮乏、经验不足、不知如何下手的窘境，创作能力的短板暴露无遗。

现在的部队精神文化生活，既需要传统文化的滋养，更需要新时代文化的熏陶和感染。面对这样的矛盾，我们必须以提升学员创新和创造能力为抓手，力求做到用优秀作品鼓舞和激励官兵，用强军文化为提升部队战斗力服务。

在学院的学科建设中，应着重加强创作课程的建设，课程设计中尽可能放在前两年进行。例如，把音乐表演专业"歌曲创作"和"电脑音乐创作"课提前调配到第三学年开设，这样就可以在第四年的创作实习前做好相关知识和实践的技术储备，得以在任职实践中加以运用。

二、音乐活动在部队基层文化中发挥重要作用

在部队你会发现，无论是列队、集会、吃饭、会操，到处都有歌声，只要在军营就有歌声！只要有战士就有歌声！歌声就是战斗力！歌声就是凝聚力！歌声就是精气神儿！很难想象没有歌声的军营会是什么样子。在部队中歌咏活动已经成为最重要、影响最广、最受欢迎的文化娱乐形式，在鼓舞士兵的士气、增添必胜信心、提高部队的战斗力和凝聚力、提高官兵审美情趣、丰富部队文化生活等方面发挥着重要作用，在官兵精神需求方面起到的作用是不可替代的。

但基层部队的实际情况是，战士的整体音乐素养偏低，对基本的音准、节奏等基础乐理知识缺乏专业的辅导和训练，直接影响到对歌曲演唱的呈现。但大家对音乐知识的学习热情很高，特别是对随营培训有着很高的呼声。今后我们将积极对准部队基层的实际需求，加大音乐类各专业方向随营培训的力度和广度，在组训形式、组训层次和组训时间上力求更加丰富多样，更加贴近部队、贴近实战、贴近官兵。

三、军旅创作必须扎根基层，才能创作出战士喜爱的作品

如何才能创作出让战士们喜闻乐唱的军旅歌曲，

是我多年来一直在苦思冥想的问题。通过这次下部队，我找到了答案，那就是到军营中去，贴近实际、贴近生活、贴近士兵，去了解战士们在想什么、在干什么、在盼什么。只有这样，才能写出他们的心声，作品才能充满火热的生活气息，才能得到战士们发自内心的喜爱。创作者不能高高在上、闭门造车、两脚悬空，要走进军营，走近士兵，深入生活，挖掘生活。只有这样，自身的价值与创造才会凸显出来，才能得到放大。军营是我们创作的源泉，我们的战士们也期望着我们去发展去创新。

四、课程设置必须紧贴岗位任职，解决培训中出现的突出矛盾

通过连续几年下部队、随营培训，一次次和官兵面对面座谈，一次次慰问演出的实践调研，深切感受到院校的培养文化艺术人才与部队日益增长的军旅文化需求的矛盾日益凸显，而且差距越来越明显。如何聚焦备战打仗，把教战、演战、练战提升为为部队战斗力服务，是摆在我们面前的突出问题。换句话说，就是如何把学校的所学真正转化为为兵服务。客观地说，脱节和水土不服的现象还是存在的。

随着社会的发展，官兵文化生活的日益丰富，大众审美水平的提高和审美方向的转变，有些热门的学科专业现在逐渐被边缘化，受到冷落，甚至已经不适应部队基层官兵对文化的欣赏需求，这一点尤其值得我们关注。譬如，有些官兵喜爱和社会主流的专业在我们学校没有开设，一些不受官兵欢迎的专业还在扩大招生名额等。重构重塑学科建设以及专业方向已经成为当下迫切需要面对和解决的问题，如何适应当今广大官兵日益提高的文化精神生活的需求，已经确定为我院今后发展的主要方向，创作实习势必将与其他形式的培训作为学院今后教学工作的重中之重。创作实习是锻炼学员熟悉任职岗位之路，更是深化教育转型的必由之路，也是国防大学军事文化学院今后发展的生存之路。让老师和学员感受到向任职教育转型的最好途径就是深入基层一线，感受火热的军营气息，感受浓郁野战文化的氛围，真正了解基层部队的所思所做及所需，让我们的老师和学员真正接到"地气"，找到"根"，并根据自身专业积极开展各式各样的为兵服务活动，同时将基层的实际需求带回院校，并及时调整相应的学科建设和培养方案，以适应当下部队基层文化建设对艺术类人才培养的要求。

这次其中口之行收获颇多，老师和学员们体会到了一专到多能、殿堂到广场、为兵服务到军民融合等，逐渐摸索出一条办学的新路。教育改革任重道远，责任在肩，我们在路上……

其中口印象

梁召今*

经过近三个小时的驾车，我来到了群山环绕的美丽娴静的小山村——其中口。迎接我的是徐贵祥主任和其中口的部队领导和亲爱的师生们。几天的军营生活和工作，给了我难以忘怀的宝贵经历。通过与战士们的互相学习交流，通过与老师同学们的协同工作和教演，通过与其中口乡亲们的交流和演出，使我对其中口的创作实习感触颇深。

创作实习在教学中占有很重要的地位，学生实习是每位学员毕业前到部队体验工作环境、工作状态，以适应毕业后的工作的必要途径。军校学生实习可以很好地锻炼学生融入部队生活，体验当兵生活状态，检验学员的动手能力、独立工作能力等，实习也是检验教学效果的最好途径，学生把课堂学到的知识运用

---

* 作者为军旅音乐表演教研室主任。

20

于自己的实习工作，把课堂搬到实践工作中，找到适合的方式，去掉不足，为将来工作提供实践机会。

我在学院的随营培训、毕业综合演练、下部队慰问演出等活动中参与较多，特别是毕业综合演练，从2012年至今，我都参加了。综合演练直接体现了学生把学到的专业知识运用于实践的效果，可以使学员更好地适应将来的部队文化工作的需要，而这次实习使我对军事文化学院的教学方向、教学目标有了更深刻的、脱胎换骨的认识。目前学院教学转型大讨论，军事文化的教学方向等都是攸关学校生存和发展的关键问题，这次学习给了我很好的答案。

通过实习，学员的军人素养有了更大的提高，进入部队的生活，我看到了每位学员的军人状态都有了深刻的变化，每天的早操、开饭、小组完成工作等，都能够恪守一日生活制度，同学见到老师有了部队战士遇到首长的礼节，学员的兵味儿浓了，军人的意识增强了。在部队实习期间，学员们都能够与部队战士打成一片，有帮厨的，有教战士文艺基础的，互帮互学，与部队搞了多场联谊活动，比如篮球赛等。这些活动都能把学员们聚在一起，大家积极参与，乐在其中。实习期间共举办了四场文艺活动。第一场"世界名曲演唱会"，第二场"乐在其中"惠民文艺演出，第三场"月圆其中"中秋联欢会，第四场"告别其中"文艺演出。我和杨磊、黄佳园老师参加了"月圆其中"中秋联欢会的策划。有几名同学的个人能力也让我有了充分的了解，比如 2015 级声乐专业陈厚方同学能力较为突出，在整场音乐会的音乐节目的剪接，以及舞台音响调音等最关键的演出保障环节都能较好地发挥作用，而且他还有较好的音乐创作能力，自己创作了几首音乐作品，得到了领导与师生的称赞。许馨元除了有较好的民歌演唱能力外，还有较强的组织协调能力，她和赵浩友很好地组织了此次音乐会的排演任务。笛子专业孙子淇也有较好的音乐融合能力。还有李洁玲、邢景华、赵英东等同学的文字能力也得到了徐贵祥主任的肯定。

经过一个月的学员实习，我看到了学员在军营的成长变化。他们与战士们同吃同住同训，在军人意识与能力上得到了较强的提高。大家充分认识到自己作为一名军人应尽的义务和职责。通过几场演出，也使他们学习到了专业知识，才能得到了充分的展示与表现，演唱能力有了质的飞跃。这让我对明年到来的 15 级毕业综合演练充满信心。

难忘其中口那美丽的晨景，难忘其中口军营战士们嘹亮的训练号令，难忘其中口军营老营盘的厚重，难忘军营中葫芦架下与徐贵祥主任的恳恳而谈，难忘其中口军营学员和战士相融为家的和谐欢畅，更难忘那雨后的彩虹，愿我们在其中口的实习，也像那雨后的彩虹一样，再次给人惊艳和赞叹。战友情、师生情、官兵情，军民一家鱼水情，汇成一曲曲完美的交响诗，愿记忆中的其中口再次出现，期待下次的毕业创作实习。

以先进军事文化助推强军目标实现

杨　宏*

习主席强调："体现一个国家综合实力最核心的、最高层的，还是文化软实力，这事关一个民族精气神的凝聚。"文化强军，正逢其时。当前，国防和军队改革走进新时代，也为我们文艺创作者在新的历史起点上踏入新征程、展现新气象、干出新作为吹响了冲锋号。时值盛夏，军事文艺创演系全体师生在徐贵祥主任的带领下，来到太行山下的一个小村落——其中口村，在战略支援部队某通信营进行了为期27天的创作实习。此次创作实习较之以往，呈现出以下6个特点。一是集中实习，集体创作，4大专业39名学员联合打造强军文艺。二是全员参与，全程指导，系领导和全体任课教员与学员共同进行专业创作和表演。三是走到一线，走近官兵，全面了解基层部队官兵的

---

* 作者为军旅戏剧表演教研室主任。

精神生活和工作环境。四是任务牵引，活动问效，组织编排共计 4 台文艺晚会。五是坚持原创，坚持质量，创作了大量接地气的文艺作品和数十个音乐、戏剧、舞蹈等节目，成果丰硕。六是注重联合，强调融合，将跨专业联合创作演出贯穿始终，舞蹈学员参与戏剧节目的表演，如情景剧《老营盘往事》；戏剧学员参与音乐节目的表演，如人声乐团《老营盘》；文学专业学员参与音乐节目的表演，如器乐小品《彩云追月》等。

此次创作实习，瞄准学有所用，搞好学有侧重，既有"量"的积累，更有"质"的飞跃，学员们有进步，更有进化，实现了"三有""三会"的目标。一是任职有方向。学员毕业分配到部队是否有用武之地，取决于专业的学习、能力的掌握能否适应部队文化建设的需要，此次创作实习尽管时间有限，但效果是明显的，初步实现了院校教学与部队实践的有效衔接，围绕实战搞教学，围绕实战搞创作，对学员的部队任职起到了关键性作用。二是实践有担当。整个实习过程中，学员们脱离了固有的"拐杖"，在所有艺术创作环节均能够独立自主地完成，老师们只在一旁"安静地"引导和启发，4 场晚会圆满顺利，学员们在创作排演的过程中，学会了活动策划、掌握了组织流程，对舞台监督、音响操作等技术工作有了了解和掌握。如学员陈厚方既创作歌曲和演唱，又要兼顾音响操作，主动作为，敢于担当；学员王俊淇既要表演情景剧和人声乐团，又要担任舞台监督，工作负责，考虑周到；学员毛雪既要创作情景剧、撰写主持词，又要担任器乐合奏节目演出，都体现出强烈的担当意识。三是创作有使命。我军使命任务的拓展，为先进军事文化建设提供了源头活水。此次创作实习，学员们到部队中去寻找军事文化在未来军事斗争准备中的定位和作用，对军事文化为基层部队服务、为强军服务有了更加清醒的认识，对如何发挥好文化战的作用和占领宣传舆论阵地有了更加深刻的理解，对创作出符合部队实际、紧贴官兵生活、提高部队战斗力的文学艺术作品进行了有益探索。四是活动会组织。除了专业创作和表演以外，学员们在此次实习过程中还学会了晚会演出、经典音乐会、文艺素养专题讲座等活动的组织与策划，这对毕业以后到部队当好一个文化干事或文艺骨干，是一次历练和淬火。五是取材会创作。通信营的院子不大，但给学员们带来了无限的遐想和全新的灵感，彩虹、老营盘、葫芦地、阿黄（老狗）、哨所、拉练、露天戏台、大山、来自江苏的营长和广西的教导员等，是有趣的生活，更是创作的来源，成为我们取之不尽、用之不竭的生活素材，在教员的指导下，学员学会了挖掘素材、提炼素材，创作出了一大批有情怀、有博爱、有温度的艺术作品，如歌曲《老营盘》《实习之歌》《战士的家》《军营的彩虹》，情景剧《老营盘往事》，小品《夫妻哨》，舞蹈《永不消逝的电波》《夫妻哨》《彩虹从这里升起》等。六是上台会表演。表演需要真实、真挚与真情，但在上台塑造军人角色或表现部队生活时，学员们往往很难把握住艺术创作的"三真"，究其根源，就是缺乏对部队的认知、对官兵的了解。此次实习，大家近距离了解部队、接触官兵，实现了徐主任提出的"五个一工程"目标：学会一门手艺，结交一个战友，采访一个典型，创作一篇作品，撰写一篇体会。学员们真正把部队当舞台，把官兵当主角，真正用心创作能引起部队思想共鸣、让官兵印象深刻感受强烈的文化作品，增强了军事文艺创演的感染力、凝聚力和吸引力。

习主席在全军政治工作会议上强调，要加强先进军事文化建设，打造强军文化。在十九大报告中又强调，文化兴国运兴，文化强民族强，要激发全民族文化创新创造力。这些重要指示，为新时代下大力发展先进军事文化提供了科学指南。以先进军事文化助推强军目标实现，培养全能型军事文化人才，必须扭住发力的关键节点。一是要进一步巩固创作实习的成果，将创作实习中创作的作品进一步加工打磨，作为军事文艺创演系的剧目和曲目保留下来。二是要进一步借鉴创作实习的经验，按照毕业剧目排演的要求，戏剧专业毕业班学员在授课教员的带领下，把基层部队体验到的生活、挖掘出的素材，进一步融合融入有兵味、有战味、有汗味的原创戏剧作品中。三是要进一步完善创作实习的机制，充分利用好下部队随营培训、军事文化学理论教程编写、下部队调研等契机，深入了解基层部队对文化人才的需求和文化建设的需要，主动探索形成符合部队实际需要的军事文艺人才培养体系。

其中口实习体会

王芷苏*

　　9月2日徐贵祥主任为创演系大四的四个专业的毕业生做了别开生面的以"让心灵开花"为主题的动员大会后，9月3日学员们就踏上了为期四周的部队实习生活。作为舞蹈专业的一名教员，我虽只参与了其中短短的一周，但通过所见所闻，以及与学员们的交流，亲眼看到了学员们的变化。这次的实习活动是很有意义的，主任从最开始就下达了本次实习的任务目标，即"五个一工程"：学会一门手艺，结交一个战友，采访一个典型，创作一篇作品，撰写一篇体会。实习不单单是对学员的训练，对我们教员、老师也是一次学习锻炼的机会。并将这次实习的收获，有机地结合到未来的教学工作中去。

　　这次实习的经验，在对舞蹈专业的未来发展定位

---

　　* 作者为军旅舞蹈表演教研室主任。

中，第一，我认为首先起到了一个从本质上转换的作用，对身份的转换。在以前，我们培养的都是高精尖的专业型人才，在军人和舞蹈专业这两个身份上，更加注重的是专业的技能，技术的训练，相对忽略了军人的政治身份。学院重建后，我们的教学方针，教育人才的目的发生了改变。今后，相对于本专业的专攻性，更应该强调军人这个烙在心里、刻在身上的身份。在舞蹈专业面前，首先要铭记自己是一名军人，要知道军人的义务、职责以及服务对象。这个身份上的认知，是本专业在未来教学发展定位上最重要的一环。

第二，贴近生活，把舞台领域扩大化。把我们的舞蹈创作贴近生活，生活不是想象出来的，是体验出来的。在这次的实习过程中，明显地感受到，相对于其他三个专业的学员，舞蹈学员在部队实习中获取灵感创造的经验会略显薄弱一些。这和我们原来的教育有着必然的关系。所以，在未来的发展中，舞蹈学员如何克服这种弊端是我们现阶段要解决的一大难题。舞蹈作为一门非语言艺术，如何把我们生活中的点滴灵感付诸实际的身体创作，在未来的教学发展中，增加更多的贴近生活、贴近部队的机会，让学员多参与、多感受、多思考也是我们的设想之一。要明确自己的服务对象是部队、是军营，创作的作品如何让战友感同身受，这是我们未来创作教育的重点。

第三，通过实习明确了自己将来在部队中的定位。从变化中落地，提前适应工作环境。在学员的总结中，绝大多数人都提到从都市到乡间、从快到慢、从高楼大厦到大自然，甚至从高科技世界到静怡的山间，这种强烈的反差是与平时完全不一样的。在学员看来，这巨大的变化的另一种生活，恰恰就是部队官兵们夜以继日最平凡的生活，如同学员们的都市生活一般。而这也将成为学员们日后到工作岗位中他们的生活。而当这种生活变成日常的时候，还能够觉得舒适吗？能够很好地适应吗？学员无论从生理或是心理的适应顺应能力，也是我们在未来的教学规划中，不能忽视的一个环节。

第四，通过这次实习，也感受到对于一名军人而言，团队间的默契、团结的重要性，以及吃苦耐劳的精神和强大的耐力及体力。无论是在学习中还是在工作中，都应该有这样的精神，只有胸怀这样的精神，才能成为一名合格的军人，成为一名合格的军人艺术家。

通过这次实习，总结了四点结合舞蹈教育工作中未来可以结合的有效经验，特别是现阶段我们强调培养复合型全面性的艺术人才，基于这个点再有效结合本次实习经验，我本人对未来舞蹈专业教学定位有了初步的认识和体会。这是全面贯彻落实习近平强军思想的重要举措，是学院按新的使命重建、重构、重塑的涅槃重生过程。通过这样的实习工作，我们要积极转变原有的思路和观念，认清自己的职能定位，并对照新的使命任务，牢固树立"面向战场、面向部队、面向未来"的理念，为培养联合作战和军队建设的高素质创新型人才服务。

一、坚持教学与战场对接的理念

我们现在的创作长期脱离部队，脱离基层。针对以上问题，结合这次实习活动，这样的实习我认为未来有机会要继续坚持下去。要多为学员及老师创造走边防、下部队的机会，增加对部队的情感，增加对军事理论的了解和掌握，丰富自身的知识，使我们的教学校准战场意识，更加聚焦备战打仗，以文化人，这样我们的教学才能有根基，存在才能有价值。在我院教学体制改革重新建构后，上级领导已经明确了我们的办学定位要求。我们的教学要面向战场服务，要在信息化条件下的联合作战中找到自己的位置，培养的人才可能是联合作战中的文化宣传人才、文艺活动组织人才，也可能是中高级别领导干部。我们要培养和塑造他们的文化素养，丰富他们的想象空间，提升他们的创意空间能力，去塑造战场、指挥作战。将所学到的文化理论、知识、技能为文化战服务，达到不战而屈人之兵，用我们先进的军事文化去摧毁敌军的价值观和精神支撑。

二、坚持课堂与部队对接的理念

通过这次短短不到一个月的实习，我们看到学员对于基层部队真实情况的了解还是有差距的。我们教授的学员会表演已不足以支撑自身的专业能力，基层部队更需要的是既会表演，又能编排，并具有强大组织能力的全面性、复合型人才。这就需要我们的教学也必须实用于部队、适应于部队，将现有的课程体制进行改革和建设，突出实用性，面向部队所需要的人才和方向服务。将基础的知识理论加以提高，在保持我们原有课程纯粹性的同时，强调部队所需要的复合型人才，改变教学方法，精简课程，提高效率，并在课程中融入教学法，加入编舞技法的教授，新增舞蹈音乐编辑、舞台美术知识、基层文艺晚会的组织与编排的选修课程，让学员通过学习，真正了解和做到"知其然、知其所以然""既要一招鲜也是万金油"，这才能使我们的学员毕业后在部队中有岗位的需要，能够更好地做到为兵服务，并使我们学院几十年来奠定的国家一流专业教育水准得以体现。

同时还可以把课堂直接落地到部队，如随营培训。我们的教员长期处在殿堂似的教室内，无法真正了解部队需要什么、想学什么，这恰恰是我们未来课堂的增长点。按照部队的要求，在了解部队需求后定制式地把我们的课堂直接搬到基层，这样既能增加我们的教员对部队的了解，又能真正地使我们的教学服务于部队。

三、坚持教研与未来对接的理念

目前我们的科研体系还停留在原有的学历教育上，要真正做到与我军发展相匹配、与国际接轨，就要充分做好调研工作，通过调研对我军今后的发展，我军文艺队伍、文化队伍人才的需求和目标进行强有力的研究。将以往常规传统的教研观念、机制等及时调整，对军旅表演艺术前沿性、前瞻性的理论进行研究和吸纳，将新成果融入到我们的教学中，并根据我军建设和军事文艺表演人才的预判，进行有针对性的教学研究和创新。

追逐彩虹的日子

王大为 *

　　取这个名字并不是想哗众取宠，而是从我去其中口那天起，一直到我依依不舍离开的那段时间里，听到最多的一个词就是"彩虹"，也听到了很多很多个关于彩虹的故事。所以我的故事也就从彩虹开始了……

　　小时候，我总觉得彩虹是通往天界的一座天桥，就像在希腊神话中，彩虹是沟通天上与人间的使者，长大后，才知道那不过是气象中的一种光学现象。因为它美丽的色彩，总使人充满许多美好的回忆，带给人梦幻般的感受。但那天出现彩虹时，徐主任问大家彩虹是从哪里升起来的，同学们却异口同声地回答道："彩虹是从我们心中升起来的!"多么积极向上、具有正能量的回答。对，正因为你们青春年少，脸上

---

　　* 作者为军旅舞蹈表演教研室副主任。

永远洋溢着笑容，心中永远充满了阳光，从事着献身国防和军队文化事业的工作，没错，彩虹就是从你们心中升起来的。虽然那天我没能目睹彩虹升起来时的景象，但从同学们描述彩虹时手舞足蹈的表情中，足以感受他们当时的兴奋与喜悦。但愿此次实习所有的希望、愿望从看到彩虹的那一刻开始并最终成为现实。

我在其中口只待了短短八天时间，却真切感受到了那里村民的纯朴，基层战士的可爱和辛苦，更让我学习到了在学院除舞蹈专业以外的其他艺术门类的知识和授课方法。因为平时在学院上班，虽说是一个系的教员，但都是关起门来在教室里上自己的专业课程，很难有机会、甚至根本没机会去了解和学习其他专业的知识。所以很感谢领导给了我这次横向学习和交流的机会，这本身也是学院教学改革所需要的，是我以后教学方向所需要的，同时也加深了本系教员之间的情感联系。此前在学院也只有开会学习的时候才能见一面，也只知道这个人是我们系里的教员，可能连是教哪个专业的都分不清，甚至连招呼都不会打，更不用说专业探讨或情感交流了。通过这次实习，让我学习到了其他专业的知识和老师上课的方法，比如郭震老师创作和排练的认真与细致、杨磊老师指挥和编曲的潇洒与执着、杨宏主任对晚会现场的把控与应变能力等，都让我感受到每位老师对艺术的尊重和严谨、对专业精益求精的态度。特别是有幸领略了像徐贵祥主任这样文学大家的深厚功力，整台晚会的主持词、串联词、小品甚至歌词等，基本都出自徐主任之手，再加上老师们用心的编排和雕琢，同学们的积极创作和精彩表演，最终将"月圆其中"中秋联欢晚会完美地呈现在军营的舞台上，让火热的军营里充满了浓浓的节日氛围，让节日里思念亲人的战士们感受到家的温暖。

实习已圆满结束，再见了葫芦地，再见了老营盘，再见了那一窝可爱的小狗狗……此次实习学员们背上收获满满的行囊离开了，我相信每一位教员也都收获了在学院里所学不到的东西。感谢领导给予的这次机会，感谢老师们给予的帮助，感谢营里战友们的热情接待……现在的离别只是暂时的分开，相信明年还会有一股新生力量整装待发，继续把像这样难得的实习机会走下去，继续把坚持原创、为兵服务的精神传承下去，再次来到这个叫"其中口"的地方，继续追逐彩虹，重温葫芦地、老营盘，到时那一窝小狗狗已经长大，一起欢喜、跳跃、摇着尾巴来迎接新的一股军旅文艺力量的到来。

彩虹葫芦老营盘，实习创作很圆满，
老师学员齐上阵，期待明年再团圆，
续写彩虹追逐梦，创演教学开新篇。

乐在其中

马　瑞*

　　开学接到系里的通知，我们首批教员与本科 2015 级毕业学员一起赴其中口进行创作实习。刚开始确实有些蒙，不知道将面临什么样的环境和任务，心里不免忐忑，但疑问在出发前徐主任的动员讲话中，很快得到了解答。在会上，徐主任详细介绍了此次活动的来龙去脉，当时最深的感受就是此次创作实习得以成行实属不易，也觉得这批学员能遇到真心为他们将来考虑的领导和老师是多么幸运，特别是徐主任在讲话中提到的"如果我们每个美育工作者都能在心灵开出一朵美丽的花朵，这个世界就一定会鲜花盛开！"让我对此次的实习采风活动充满了期待。

　　出发当天，我们两辆大巴出了高速路后一直沿着崎岖的山路爬行了两个半小时，两侧绵延不断的青山

＊　作者为军旅舞蹈表演教研室讲师。

包围着我们，绕过来又绕过去。虽然这些山看似普通，但有阳光下蓝天白云的衬托就越发显得亮丽与不同。我一路看着窗外的风景，脑中不禁回忆起了当兵二十多年所有的下部队情景，不知不觉中就到了目的地——其中口。眼前是一条窄窄的小街道，我们的车还没进部队院子，便听到了欢迎的锣鼓声。一下车更感受到战士们的热情与豪爽，虽然当地气温比北京低了好几度，但看着战士们的笑脸心里却是暖暖的，备受鼓舞。

按照计划，此次创作实习采风分为四个阶段，每个教研室主任牵头负责一阶段。我所在的首批教员队伍由艺术创作教研室的栾凯主任牵头负责。刚到驻地徐主任就召集我们四位首批教员干部进行了任务部署和责任分工，明确了第一阶段的工作重点。徐主任强调说我们此次的中心任务就是"学习"，无论是原来的解放军艺术学院，还是现在的军事文化学院，都是一脉相传，都姓军，所以我们要把我们的专业梦想和强军梦、中国梦结合起来，要树立"姓军为兵"的思想，用我们的文艺作品为净化和美化人类心灵，为提高部队战斗力服务。徐主任的讲话为我们接下来的工作指明了方向，我们几位教员丝毫不敢懈怠，立即召集本专业的学员进行专题创作讨论会。我作为舞蹈专业首批的召集人在会上给学员们下达了任务，让他们积极与官兵们进行交流，除了加强保密意识（因当地官兵工作的特殊性）外，尽快融入战士们的工作生活中。了解他们的所思所想，他们喜欢什么样的文艺作品，从他们的工作生活中积极吸取创作素材。只有这样创作出来的作品才接地气，才能真正与官兵们产生共鸣，让他们发自内心地喜欢。学员们也非常积极主动，不光是在会上建言献策，平时只要有空余时间就进行创作排练。由于当地场地的局限性，学员们克服困难在露天的水泥地上进行排练创作，毫不懈怠。最终功夫不负有心人，在为官兵演出的几场晚会中，学员表演的原创作品均得到了当地官兵们的一致好评。

算下来我在其中口待了总共八天时间，但短短八天给我留下深刻印象的事情还真不少，每每想起来都历历在目，心潮澎湃。首先让我感到幸运的是我参加了这次创作实习采风活动中唯一一次徒步行军任务。往返二十多公里，没有一点儿平路，很多地方都需要尖刀班的战士用砍刀开路。虽然由于身体原因未能徒步走完全程，有些遗憾，但无疑这次体验为我的军旅生涯增添了色彩，留下了难忘的一笔。再有就是营区里的老营盘和葫芦地，这两个地方八天里我不知来来回回走了多少趟，而我们的原创作品也从这两个地方吸取了足够多的创作灵感和素材。特别是老营盘，真的很神奇，每去一次都会有不一样的感受。尤其有徐主任在，那感觉就更不一样了，似乎那里的每棵树、每块砖头、每粒石子都有故事，徐主任的讲述别有一番滋味。最后我想说的就是矗立在营区操场边上刻着"乐在其中"四个红色大字的石头碑了。这块石头碑并不是天然就在那里，而是战士们自己创作出来的。看似不起眼，无非包含了当地的地名，但我却对它情有独钟。试想在这太行山下的山沟里，交通通信不很发达，与外界的交流少之又少，官兵们靠什么却能常年坚守毫不懈怠？他们难道不寂寞、不思念远方的亲人吗？我想"乐在其中"这四个字便是答案，这里透露出来的是他们的豁达与幽默，是他们心甘情愿为祖国国防事业奉献的精神。常言道，人生不如意事常八九。我们每个人都会遇到人生的低谷，这个时候如果我们能想想这四个字，想想许许多多默默奉献的战士们，像他们一样坚定信念，那么，任何困难都打不倒我们。正如其中口的战士们写在营区墙上的几句话：只要脑中有任务，眼中有挑战，肩上有责任，心中有激情，这世上就没有翻不过去的火焰山！

此次的创作实习采风活动已圆满结束，我相信参与其中的每个人，无论是教员还是学员都有着相同或不同的感受。感谢系领导和教研室领导对我的信任，让我有了这次难忘的学习机会；也感谢一起工作的战友和同事，让我们有了更深的战友情。接下来我会把这次的学习体会充分运用到工作中，不忘初心，牢记使命，更好地为兵服务，为部队服务，为培养军队文艺人才贡献自己的一份力量！

身在其中　乐在其中

——记其中口部队的创作实习总结

郭　震*

　　时间过得很快，其中口的这段生活已经过去很长一段时日了，现在静下心来回想，很多的细节片段仍留在记忆中，彩虹、老营盘、葫芦地、拉练、巡线等情景照样清晰如昨，历历在目，成为抹不去的回忆，也将成为我人生成长的一部分，历久弥新。言谈话语中，感悟最多的便是徐贵祥主任常说起的"根往下扎，树往上长"，以及那些永远诙谐幽默又发人深省的小故事。在这短短的 27 天里，深处大山中的生活，和官兵们同吃同住，每日准时的作息规律，以及扎根生活的艺术创作，都成为军旅生活中一抹难忘的色彩。

　　其实，早在几个月前，我便得知会和学生们一起

———————

　　*　作者为军旅戏剧表演教研室讲师。

奔赴部队体验、创作和训练一个月，我因此很兴奋也很期待，但多少又有些紧张，担心自己不能坚持一个月。现在想来，时间不是太长而是太短了，作为艺术创作者，作为一名为部队服务的工作者，我们应该尽可能多地去了解基层生活，了解这里的人及其环境，这样的机会不是随时都有的，积攒下来的素材和人物形象都会成为将来创作生活的重要源泉，让自己更深入地了解部队，同时也让自己的作品更贴近实际地为部队备战打仗服务。因此，让自己静下心来感受基层部队的氛围，感受那种大山里的部队工作和生活，我也很自豪地和徐贵祥主任以及学员队的昌明队长成为驻扎其中口时间最长的人。

（一）创作扎根于生活，扎根于基层，可真正做到根往下扎，树往上长不容易。最近为学生排演毕业剧目《郭永怀》，剧本创作一度成为让人头疼的问题，不断地修改，推翻了重来，改了无数稿，合作的朋友也都是名校高学历，然而仍不尽如人意，尤其一些编剧有着显赫的教育经历，可是文字却如隔靴搔痒，不能够引起共鸣。这让我想到其中口的这段生活，每天早、中、晚饭后，我们都会和徐主任一起去老营盘、葫芦地那边转一转。徐主任会跟我们说他头脑中关于老营房的故事，那一排排整齐的营房，是当年刚刚驻扎在这里的部队修建的，如今虽已弃用、杂草丛生，半个多世纪过去了，你依然能够看出当年这里工作和生活的情景。当时那些刚来这里的部队青年，面对这里的荒山，面对这保密性极强的通信工作，他们是如何生活下去、扎下根的？又创造了怎样的奇迹？徐主任不断地跟我们说着他想象中的故事，我知道这些都是他看到后所展开的联想，可就是让你觉得人物是真实可信的，是你见过的身边人。也是据此，文学专业毛雪执笔，戏剧和舞蹈专业担任演员，我们共同创作了情景独白剧《老营盘》。创作中我们常去老营房那儿寻找灵感，甚至在那边排练，累了就往地上一坐，那种来自土地，来自有着历史感的老营房的生活，成为最宝贵的创作源泉。这里不得不引用徐主任的一段话："故事在哪里？一是在眼睛里看到的；二是在耳朵里听到的；三是在心里想到的。艺术创作最讲究悟性，看到一座山便会想到山那边是什么，听到一件事想到这件事的背后是什么……"

（二）通力合作，联合作战，共同完成一台台文艺演出。在其中口的这段时间，大家相互协作，分工明确，在主任的带领下，各个专业的老师做指导，同学们相互帮助，进行着不同专业间的尝试，共完成了四台文艺演出，短短的二十七天，五十多个节目，可见大家的创作热情之高。由于人数有限，所以很多不同专业的学生集合在一起互帮互助完成一些节目，同学们的能力也得到了最大的施展。如独白剧《老营盘往事》就是舞蹈专业的男生和戏剧专业学员王俊淇，以及文学专业的毛雪共同完成的。音乐节目人声乐团《老营盘》中戏剧专业的王俊淇担任了人声的伴奏等便是例证。我们也同部队官兵一起完成了一些节目，如街舞表演就有我们的学生孙千雅，还有十连的战士李翔龙，他们的表演惟妙惟肖；主持人中有我们的学生汪泉，也有八连的战士刘佳兴。即便没有节目的同学也都积极在场下为演出服务，有调试音响的，有打字幕的，有充当话筒架的，等等。总之，所有人的心凝在一起，力量聚在一起，着实让人感动。

（三）风雨过后，等待我们的必定是彩虹。来到其中口，有两件事印象特别深刻。其一就是野外的徒步拉练，也是我人生第一次徒步行军近几十公里。大家一路跋山涉水，不亦乐乎，更增进了同学们之间的战友情。在过一些溪流的时候，连队的战士们总是先踩在河里，然后一个个伸手扶住我们的同学和老师，等到他们过去后这些战士又跑向下一个溪流，为了保障行军安全，他们要提前出发踩好路线点，并不断地试探周围是否有滑落石头的险情。在拉练中徐主任也很让人敬佩，每当过一些溪流或险滩，我们去扶他，他总是摆摆手，说不用，我还不老，虽是一句玩笑话，但还是能看出老主任的那种精神，最后我们的老师都累得不行，主任是自己走完了全程的。其中口的第二件事就是我们去村里的惠民演出。我们做好一切准备，临近演出的时间下了雨，主任和老师、同学们一致决定：就是雨不停，即便没有一个观众，我们也要演。大家更有劲了，内心油然生发一股力量，就像打一场仗一样。果然离演出还有半个多小时的时候，雨停了，更为神奇的是天空出现了彩虹，那么清晰那么鲜活，大家的喜悦与激动溢于言表，纷纷合影、留念，有的同学甚至流下了激动的泪水，眼前，演出的意义在同学们心里早已胜过一切。演出过后的大合影，你能看出每个人脸上洋溢的笑容，那是胜利的喜悦。

离开其中口的时候，我看到了墙上的那几句话：脑海里永远有任务，眼睛里永远有挑战，肩膀上永远有责任，胸膛里永远有激情。感谢其中口的日子，感谢徐主任、感谢系里老师们、感谢学生们，那段时光难忘、想念，我们会带着那种精神奔向远方。

地上长满数不尽的星

杨 磊*

俗话说："聚是一团火，散是满天星。"说起在其中口的日子，我就深有体会。这要从一个月前接到任务开始讲起……

那是刚刚收到徐贵祥主任下达通知的时候，身为一名军队文艺教员，要在9月份去到一个扶贫地区的某通信部队中进行创作实习。为此我既兴奋又激动，却不免担心，想到扶贫地区硬件条件一定特别差，别说是舞台灯光音响了，就连有没有舞台都是个问题，但一想到可以深入部队好好看看官兵的工作和生活，还能为15级学员将来在部队开展文艺工作打下坚实的基础，又觉得此行值。带着复杂难言的心情，我来到了这个充满神秘的地方——其中口。

初到四面环山的部队中，大山在阳光的照耀下，

* 作者为军旅音乐表演教研室讲师。

47

显现出不一样的色彩感。清晨的青山像沉睡的狮子，仿佛一切都还没有从黑夜中苏醒过来，她的暗绿、她的深沉、她的神秘都为其中口这个美丽的小村庄增添了魅力，第一天教学实践生活就这样开启了。

吃完早饭后，主任带领我们所有来参训的教员、学员，走到了一个叫老营盘的地方。老营盘在营区东北角的山坳里，是这个营区最初建立起来的宿舍生活区。几排平房、一个公用茅厕，路的两边杂草丛生，不过路面却很干净。通过刘营长的介绍才知道，这里的路定期会有战士来清扫，因为这里承载了前辈们的汗水和心血，也倾注了当代官兵的感情与梦想。"不忘初心，牢记使命"的革命信念让我的内心得到了真正体验，我想这也是主任带我们来这儿的主要用意吧。

在其中口的这段日子里，平均每个星期都有一次文艺晚会。我的教学实践第一要事就是给学员排练节目，并且要抓住强军、强国的主题，围绕通信营的特点排演独唱、重唱、对唱、小合唱、表演唱以及器乐独奏、重奏等多种形式的节目。作曲教研室主任栾凯老师呼吁学员每人要写一首原创歌曲。虽然大家写得不够成熟，但我还是鼓励、指导着学员，最后我们演出了张钊源写的人声乐团歌曲《老营盘》、陈厚方写的二重唱歌曲《军营的彩虹》、胡涵木写的独唱歌曲《战士的家》……完成了"经典音乐作品赏析会"

"月圆其中战友联欢会"等四场演出，受到了首长、战士们的一致赞扬。

　　舞台吸引观众的是演员的光鲜、绚丽、多彩的表演，是剧情的美好与引人，然而他们并不知道日常排练以及幕后保障又需要付出多少艰辛。营区的音响、灯光设备老旧，在没有合适的演出舞台的情况下，我们选择了一个比较大的会议室作为演出场地。先从音响入手，连接调音台、试话筒、搬音箱、测音响……所有的事情对于我来说都是初体验，还好，营里的几个战士和我们自己的学员陈厚方都赶来帮忙，终于达到了应有的效果。而灯光、道具、舞台调度等方面，学员们也都参与进来，积极出谋划策，其实，这也是一种很好的学习与实践，从中掌握了基层部队的一台晚会从策划到演出的每一个流程的细节，不仅可以唱、演、编、排，还可以导、筹、监、管，包括我自己通过这次创作实习也是收获满满。

　　其中口的时光过得很快，大家基本上每天都在排练中度过，我不拘泥于传统，立推新的节目带给部队。某天我看到了"杯子舞"这一形式演出效果比较好，于是我就利用战士们身边最常见的洗漱盆来做敲打乐器，编排了一个"盆子舞"，这么安排的用意不仅新鲜，而且可以让学员和官兵们更融为一体，让战士们最常见的物品出现在舞台上。在舞台上，还出现了人声乐团、乐器合奏……在这次的教学实践中，我实现了很多在平时舞台上看不到的节目，让我在其中口教学实践的经历中又增添了很多绚烂的色彩。

在其中口的一个月，收获很多！我们的徒步行军，我们的老营房前授课，我们演出前的彩虹，我们一分一秒的排练时光，我们的焦虑，我们的兴奋，我们的激动，我们的疲惫，这些都已成为美好的回忆，成为我生命中一段永远无法忘却的时光。回到北京，看到这么都市化的舞台，先进的教学及演出设备，不禁心生感慨，而倍加珍惜我们现在的一切。

其中口的山上、地上有电波日夜不停地旋转，晚上天空中缀满繁星，然而，我却更愿意成为地上的一颗星星，成为别人生命中微弱的亮光，和别的"星星们"一起，聚是一团火，散是满天星！

其中口随想

罗　莹*

2018 年中秋，一个叫作其中口的地方使我非常难忘。

入夜，落霞刚刚湮灭，皎洁的月亮就在四面苍山的簇拥下，经由高高的老树山峰托举而出，又圆又大的月亮宛如童话般的银盘，让人望之弥近，接之弥远。

轻微入秋，山区已有丝丝凉意。镀嵌在莹莹月光中的一条条大道小路旁，邻里街坊却显得格外的热闹亲近，暖意绵绵。在这样一个特殊的日子里，圆桌之上，五六战友团圆在一起，桌里桌外洋溢着距家百里之外却胜似一家人的美好情意。

因为国防大学军事文化学院军事文艺创演系我们相聚在一起，这是系主任徐贵祥首次带领文学、戏剧、音乐、舞蹈四个专业的毕业生及老师来到这儿，

　　* 作者为军旅舞蹈表演教研室讲师。

四十余人的大队伍入驻这太行山腹地的一个小小营区内进行创作实习。时至中秋，实习任务已经进入最后一个阶段，轮到我来其中口已经是第四批教员。车驶过蜿蜒山路，刚下车就匆忙与之前来的老师进行简短的交接班，就在例行公事正要开始的时候，"走！我们先去转转！"徐贵祥主任召唤着我们，接下来的一幕幕让我看到了一个不一样的其中口。走过营区主道，我们步入了紧临山腰的一条狭长弯曲小道，小道尽头，映入眼帘的是七八栋老营房，看得出此处早无人烟，却又依稀可见外墙四壁修复得平整完好。听主任说，原来这是 20 世纪的建筑，曾经营区的官兵战士都安置在这里，当时部队队伍虽然没有现在壮大，但看见一间间营房门对着门，仿佛感受到那个时候左邻右舍的热闹劲儿。山下的老营盘对于这里的人而言是有感情的，尽管营区扩建修盖了许多楼房，但始终有这么一块地承载着彼此过去的回忆……我正沉醉在老营盘的氛围里，忽然阵阵狗吠声将我拉回现实，一打听才知道这是营区里"大黄"一家子正在"闹腾"。母狗"大黄"不久前生了一窝小崽子，已经满月的崽儿们个个结实有力、淘气可爱。看着眼前欢快争食的小狗们，老班长抚摸着它们，笑容可掬地说道："看！小家伙们长得多好，自己少吃点也得给它们喂饱了！"看看老班长那股神情，俨然比小狗崽子们还幸福。我们顺道转了转连队的菜园。菜园紧挨着一片葫芦地，藤下挂满了大大小小的葫芦，胖乎乎的可爱极了，让人顿时心生温暖……初来乍到，其中口这样一个有生气有人情味的营区已经深深地感染了我……

我喜欢绚丽灿烂的秋色，因为她代表着成熟和繁荣，也意味着欢快和自豪。在我沉浸其中时，正式的工作已经拉开了序幕。整个实习活动到今天已二十二天了，徐主任带领师生们前前后后共组织了三场演出——音乐会、惠民联欢、中秋晚会，最后一场主题为"回到其中再出发"的汇报演出是接下来的重要任务。这台晚会旨在检验这次实习的成果，主题与这里的一切息息相关，每个节目都将是师生们在其中口日子里的深刻感悟和倾力原创——"彩虹"让心灵开花，那是从我们心里升起的地方；"老营盘"使我们重温这里的往事，回忆起珍藏内心深处的那份美好；《夫妻哨》《战士的歌》带我们体会种种人情冷暖，更加坚定内心的步伐；《永不消逝的电波》更是其中口官兵真实的工作写照，斗志昂扬精神焕发……特别值得一提的是最后一个节目《绽放的青春》，这是我来到其中口之后给所有专业学生编排的晚会尾声。排练中，抓住各专业自身独有的艺术表达方式，以歌舞的形式展现大学生应有的青春与朝气，音乐轻松活泼、铿锵有力，大家团结一致、振奋人心，就是这样绽放青春的激情与希望，为近一个月的实习生活画上

53

了生动圆满的句号。看着舞台上学生们的精彩创作与表现，由衷地感受到创演系是一个优秀、光荣的大集体，大家齐心协力，每个专业尽我所能、各放光芒，彼此又能相互学习、交流、借鉴。即使同一主题的内容也能够通过不同专业手法生动表现，领略到不同的情感表达方式；不同专业的学生也可以尝试跨越本专业的表演，拓展自我专业的综合素质能力。这一次对于我来说，也不同于以往的教学，面对本系不同专业的学生进行排练，更能熟知与掌握不同专业的特点，同时感受到集体的强大力量，看到学院发展的未来希望，也相信对于每一个学生而言，在毕业前夕有这么一次美好的实习回忆将会受益终身，永生难忘。

念情依依，别意悠悠。就要辞别其中口了，我徜徉在营区思绪绵绵，虽然只有短暂的五日，但其中口的每一天都使我感到充实而又深刻，早已习惯了天未亮的声声哨响，感受日月同辉赋予每天的希望。学生们更是在这近一个月的生活中，与部队官兵同吃同住同行在一起，深入了解部队现状，更加明确未来方向。在其中口大家感受到的，在这里集体创造出的，回忆不管是带走的还是留下的，都永远成为我们每个人的一笔宝贵的精神财富……

收获在秋天。我们紧贴部队，深入基层，用歌声播种，用舞蹈耕耘，用汗水浇灌，用心血滋润。我想，这大概就是我们乐在其中的感受吧！

收获·其中

黄佳园 *

　　从其中口回到学校，已半月有余。很荣幸，能够在徐主任筹划的这次创作实习的活动中，担任一次，经历一次，感受一次，认识一次。

　　记忆之一，是到达目的地之前的那一段崎岖山路。那条路可谓是蜿蜒盘旋，坡陡坎深，沿途的破旧村舍和灰蒙天色，像是说好了似的，与我出发时的未知心情不谋而合。就在我全神关注各种大弯、小弯、急弯、陡弯的轮番轰炸之余，一些念头已隐隐在心底升起："那是一个什么样的地方，那里有一群什么样的人，他们承担着什么样的任务，他们为什么选择，又因什么坚守选择。"伴随着这样的疑问或是好奇，车，已开进了营区大门。

　　低矮的营房，傍山而居；不时出现的队列身影与

＊　作者为军旅艺术创作教研室讲师。

55

忽远忽近的朗朗口号声，已全然说明了这里的一切都有条不紊。我也迅速进入状态，随梁召今老师、郭震老师一同完成全迷彩惠民演出的排练、走台、联排工作；随之进入"三加一"的创作排练阶段，即三个舞蹈作品，一个歌曲表演。说到创作，老生常谈的一句话就是"艺术来源于生活而高于生活"，我们作为军事文化学院军事文艺创演系的一名教员，对自身专业能力的精进不应仅仅停留在学术范畴，而更应该珍惜每一次走进基层、走进连队的机会，把发生在你、我、他身上、身边的一桩桩故事收集起来，也许灵感并不一定蜂拥而至，但至少闪光的那一笔是鲜活的，是有生命力的。就如同从葫芦地到老营盘，虽不过百米之远，但歌曲《实习之歌》《军营的彩虹》，舞蹈《彩虹从这里升起》《夫妻哨》《永不消逝的电波》，独白话剧《老营盘往事》，小品《夫妻哨》等都是教员与学员们在一步步的酝酿与推敲中，把握细节，完成构思，继而展开创作。也许我们与艺术精品的标准还相去甚远，但是，这些作品却饱含了艺术"真、善、美"的创作追求；这也同时说明，军事题材的文艺创作，必须要接地气，从事军事文艺创作的人更要有诗人艾青"为什么我的眼里常含泪水，因为我对这土地爱得深沉"的决绝与厚重。

营区教导员与我同岁，在这里干了 7 年，是毕业于北京理工大学的硕士研究生。我其实特别想问他，当时选择与这样一个山坳发生联系，是出于怎样的考虑？但是，话到嘴边，又被咽下了。这7年的坚持与坚守难道不就是最好的答案吗？他的话很少，但在简短的言语中，却能够感受到他满满的自信与笃定。与他闲聊时，正好看到女兵换班，她们是24小时三班倒，8小时一换，全年无休。听教导员说，由于长期作息不规律，这群不到20岁的女兵几乎每个人都有或轻或重的妇科疾病。很难想象，在她们扛起高压、挑起重任的同时，还经受着病痛的折磨。但这一刻与上一秒的完美反差，恰恰说明了她们异于常人的精神品质。无数默默无闻在岗位坚守、奉献的战友，就如同夜空闪烁的繁星，大家心系一个信念，用渺小诉说着平凡的伟大。

返回学院后，突然对办公楼前悬挂的"贴近实战，教战研战"的标语格外敏感。八个字，三个"战"，这足以说明强化备战打仗鲜明导向的政治要求和形势所迫，这也是改革对我们自身岗位任职能力提出的新要求与新标准。在我看来，作为一名从事军旅艺术创作专业教学的教员，我们很难在一夜之间补齐"如何打仗"的所有知识结构，但是，这绝不能影响我们对这八个字的认识与落实。我对这"一字三处"有这样的理解：一之"战"，就是向部队靠拢，了解部队之情况，掌握部队之需求；二之"战"，即为在立足部队之需求的前提下，设计教学内容；三之

"战"，就是研究部队与院校、岗位需求与任职能力的关系。用一句话概括，就是向部队靠拢，培养能够胜任部队岗位任职需要的能力，研究院校与部队、专业与岗位衔接的关系。虽然，我在其中口只待了短短 7 天，但深感一专多能、甚至是多专多能的重要性。我们的学员在任务面前，打破专业壁垒，力求将专业优势发挥到极致。音乐专业的陈厚方，在完成作词、作曲创作任务的同时，还是各场演出的音响保障；文学专业的学员在发挥文笔优势之余，也热情参与了器乐演奏；舞蹈专业的学员勇于尝试，完成了戏剧表演、歌曲演唱等多种风格的节目形式；戏剧专业的学员则在完成节目演出的同时，自觉承担了舞台监督等一系列工作。除了这些专业领域必须具备的素养外，在与部队同吃、同住、同劳动、同训练的过程中，还要求他们要有觉悟，懂组织，会操作，善管理，不仅内务有模样，还要学习、工作有质量。创作实习就是创演系学员的一次实战，而实战就像是一个大熔炉，所有的学员在这个大熔炉中自觉承担、自觉成长。恍然发现，一个人能够自觉进步是多么难能可贵的一个财富。而这些细节的变化也正是对"眼睛里永远有任务，脑子里永远有挑战，肩膀上永远有责任，胸膛里永远有激情"的最好诠释。而这次经历，也为我们的教学提供了方向：只有立足"一专多能"这个目标，才能跟上时代赋予我们的使命与担当。

那些扑面而来的收获，正如同一粒种子，在心底发芽。让我们继续在军队文化工作的历练中淬火加钢，让我们继续在改革强军的征程中砥砺前行。

播种彩虹，从"心"开花

——赴其中口创作实习总结

郑　阳[*]

　　9月的清晨，我跟随2015级本科实习小分队的同学们蹬上作战靴，换上迷彩服，怀着无比期待的心情，来到大山深处的河北其中口某部队。

　　驱车渐入京郊，摇下车窗阳光便在身上铺开。刚入秋的阳光没有太多的灼热，反倒感觉是初凉中不经意透出的一丝暖意。经过几个小时盘山公路的车程，来到了其中口这个地方。刚入村口，村民们看到有军队的车辆，都不自觉地起身，脸上洋溢着淳朴的笑容为我们指路。路途劳累的心在那一瞬间被温情所打动，这也便是军民鱼水情最真实的写照了。进到部队大院发现，这里所处的位置四面环山，不大的空间却被战士们的双手建造得十分独特。往右瞧着，忽然被

　　* 作者为军旅艺术创作教研室讲师。

一块石头吸引。石头上面镌刻着"乐在其中"四个大字。经了解得知，此乃战士们的杰作。这里的战士们以苦为荣，擅于在艰苦中发掘乐趣。如此，既是他们乐观心态的一种表露，也为营区增添了一道亮丽的风景。正看得入神，突然感觉什么东西拽我，回头见一只大黄狗正用嘴巴叼住我的衣角，同时拼命摇晃尾巴，嘿，真有意思。仿佛它也是这里的主人，在欢迎远道而来的客人似的。听着战士们叫他"大黄"，心里想着，未来一个月的实习生活怕是会因多了个可爱的"朋友"而增趣不少。

实习期间，我和学员们一起经历了一日操课，一起享受着旭日初升，一起看云雾环绕的大山，欣赏那缥缈梦幻般的美。这些来自生活的一点一滴就是学员们创作的源泉。在老营房前，所有的教员和学生席地而坐，静静地听徐贵祥主任讲述，从如何寻找素材到编写剧本的技巧等，他都不绝如缕，娓娓道来，令我们大为折服。此时，山风拂面，朗日当空，不觉有一种世外桃源之感。

时间真的很调皮，眨眼实习的日子已经过了快一周时间。在和学员的相处过程中，我日益感受到他们思维的发散性和可塑性。这也促进了我的教学相长，让我明确了自己作为一个作曲专业教员，在今后的创作和教学中应该遵循的原则，即给予学员充分的想象空间。注重培养学员养成学习习惯并调动其积极性，坚持以审美教育为核心，培养学员对音乐的兴趣，以学员为主体，使其在愉快的音乐实践活动中，主动地去发现，去探究，去感受、理解并表现音乐。让每个学员都爱好音乐，喜欢音乐，让音乐真正成为他们的挚友。

在其中口几天的生活中给我印象最深的一次是"彩虹事件"。部队组织部分学员给其中口村民举行了一场军民汇报演出，无奈天公不作美，在演出前一小时突降暴雨，因为是露天演出，天气对舞台效果的影响很大。但是大家依然在认真地准备着……天公不负有心人，在开演前半个小时雨渐渐停了，更令人惊喜的是天空中竟浮现出了罕见的双层虹奇观，学生们的兴奋之情溢于言表，而这个也正完美地契合验证了在徐主任的智慧启发下，与同学们共同确定的这次会演主题——"让心灵开花，彩虹从这里升起"。伴着彩虹的缘分，在接下来的实习周里，学生们惊喜地创作出了以"彩虹""最可爱的人"为动机的歌曲，令人欣慰。

通过此次实习，我在今后的实战教学方面，备受启发。注重与学生的沟通与交流，从生活的细节中激发其创作灵感，让军旅歌曲在旋律上的创作技法活起来，便是核心。首先，是"课内与课外"的一体化教学。"课内与课外"即课堂教学与课外活动两个方面，在这对关系中前者是实施音乐教育的主要途径，后者则是前者的延续扩充和提高。抓好军队院校的音乐课堂教学和课外活动，不但能帮助学员掌握音乐的基本技能知识及技巧，增强对音乐的感受力和审美力，而且还能使学员紧张的学习训练生活得到调剂，促使他们的身心得到健康发展，启发学员树立远大的理想，陶冶情操，养成优良品德。同时让学员们掌握一定的音乐知识，学会组织开展基层文化活动。其次，引导他们学习和借鉴国际上的优秀音乐教学法和音乐作品，使军队院校的音乐教学更加科学合理。音乐是真正的世界通用语言，为了学员更好地学习这门世界通用语言，提高音乐素养，我们还必须学习和借鉴融合国际上优秀的音乐教学法和音乐作品。最后，适当增加学员对优秀的声乐作品的知识和技能，引导学员了解世界音乐文化，不断丰富他们的音乐知识，提升其综合素质。在欣赏课教学中，给学员欣赏经典的古典名曲，如莫扎特的《土耳其进行曲》，舒伯特的《军队进行曲》，能使学员感受到生命的壮美、青春的力量和向上的激情，进而发散运用于自己在军旅音乐的创作上。

简而言之，无论是音乐课堂教学与课外活动，还是对于民族音乐的学习和世界音乐的探索，都应结合军校教学特点：以学员为主体，紧紧围绕学员的第一任职需要和基层连队的实际开展教学工作，提高学员的综合素质，这样就能够调动学员学习音乐的积极性，开拓学员视野，提高学员的音乐素养，为实现军队院校素质教育和较好地促进部队基层建设做出切实的保证。

实习时间虽然短暂，但能够让我以一个全新的角度，并站在一个全新的高度上去思考我们所学的专业。今后，作为一名军队的教员，我将会更加注重学以致用，有针对性地进行创作与教学工作。十分感谢学院和创演系能够给予我这次宝贵的实习机会，我定将珍惜成果！总结收获！砥砺前行！

那年我们在其中口

刘春美*

　　记得 2018 年 9 月，国防大学军事文化学院创演系徐贵祥主任在开学后的第一次教学工作会议上，对全系教员说，他将亲自带领学员去部队实习。去基层部队体验生活，是前些年他在原文学系当主任的一个传统。为了让学员能够真正深入基层，熟悉军营，感受基层官兵生活，实习的地方也是徐主任精心挑选、花费心思，选择一个四面环山、完全封闭的地处太行山腹地的一个小山村——"其中口"。实践证明，学生通过一个月的锻炼，见证了基层部队的峥嵘岁月，感受到了基层官兵的奉献精神，也更加懂得了基层部队官兵的坚守与责任担当。每个人都可谓收获满满。

　　说实话，我当时对"其中口"这个名字没什么印象。现在还依稀记得徐主任说的实习的任务目标"五

＊　作者为军事文艺创演系副教授。

65

个一工程"：学会一门手艺，结交一个战友，采访一个典型，创作一篇作品，撰写一篇体会。但记忆最深的一句话是："让心灵开花。"他说作为文化工作的教育者，每一名教员都要在心灵开出一朵美丽的花朵，这个世界就会鲜花盛开。那时我坐在会议室里想象自己仿佛坐在香味芬芳的鲜花丛中，感受世界一片美好。

我的两个学生参加了这年的实习。按照惯例，学生不在学校的时候，我抽空会跟学生联系，了解他们各自的情况。他们简单汇报了一些基本情况。实习结束后，师徒仨坐在一起，听他们说在那儿的所见所闻、所思所想。他们谈到环境艰苦、拉练、排练、帮厨、赶集等等，还有一个彩虹升起的故事。每个人都有不同的体验感受，但一致的是，实习磨炼了他们的意志，提高了他们的能力，他们也更能吃苦了。"不枉此行，受益匪浅。"我想已初步达到实习的目的。

第二年，2019 年 9 月 16 日，按照上届系党委形成的指导思想：聚焦强军目标，端正办学方向，对接部队需求，培养文艺人才。创演系 2017 级学生整装待发，我随队赴"其中口"：战略支援部队某信息化基地随训。这次带队的是创演系张湘东协理员。虽然时间距离现在快三年了，但经历的事情还历历在目。记得去时大巴爬过的蜿蜒山路，一条窄窄的小路七扭八扭，两边是深沟险壑，山路上有些路段还有山上滑落的大石头。刚开始我们坐在上面揪着心，大气不敢出，看着司机气定神闲的样子，慢慢地大家也就放松了许多。我看着窗外想着自己如何在一周的时间内带好学生，为基层部队服务。

辗转四个多小时到达营院。营院不大，整齐的建筑、简洁的装饰，训练场处处彰显出军营严肃、整洁的作风。一位个子不高，面容黑瘦，但看上去很精干的营级干部早早地站在营区等候。他大步向前握住张协理员的手说："我是这里的营长梁波，特别欢迎你们的到来。去年徐主任带领队伍过来，对我们的帮助很大，所以今年我们也很期待啊……"

放下行李，就要开午饭了。趁这个空当时间，梁营长跟我们说有一个紧急的事情：旅部要举行庆祝中华人民共和国成立70周年歌咏比赛，要求21日必须提交演唱视频，目前他们还没开始准备，希望我们能够帮助他们挑选曲目并进行排练。任务来得真是时候，这正是学生锻炼的好机会啊！当天，张协理员组织我们开了动员会，布置任务强化组织纪律，晚上又给学生强调了一些具体注意事项。我也简短地跟学生做了交流，让学生思考两个问题：一是我们能做什么？二是我们要做些什么？目的是让学生在实习阶段能够发挥主观能动性，放低姿态，积极作为，努力想着为连队出力发光，并且希望他们虚心向连队的战士学习，了解基层生活，通过锻炼，为毕业任职打下基础。

　　9月17日，按照昨天晚上的布置，我让学生骨干们分成四个小组，分头摸清参加合唱人员的演唱情况，然后进行分组教歌练习。了解到两首作品，《歌唱祖国》大部分会唱，《中国军魂》有些人听过，但会唱的寥寥无几，还有的练习人员因有值班任务，所以人员每次都到不齐。令学生们最头疼的是战士们以前学得不对，导致旋律、音调唱错，现纠正很难。根据情况我让学生骨干针对音准不好、唱错旋律的战士进行专门训练，变成六个小组辅导，舞蹈专业的骨干也一并准备合唱的舞台表演动作和编排歌曲中间穿插的舞蹈。从上午到晚上，我看到每一个小教员认真负责地教唱，有的嗓子沙哑了但依然不厌其烦地一句一句地纠错。时间紧迫，排练合唱的同时晚会的策划也在紧锣密鼓的进行中。

　　来这的第一天，协理员利用饭后的时间带我，还有一位随训的徐杨老师参观营院。协理员因为来过，所以对营院很熟悉。他首先带我们朝营门口方向走去，在距离营区大门不到50米的地方立着一块石头，上面4个红色的大字"乐在其中"格外醒目，字体龙飞凤舞，十分洒脱，旁边写着"山高、沟深、偏远、吃苦、建设、奉献"，方方正正的字体展现出这支队伍认真严谨的作风，12个字是他们真实生活的写照，也体现了他们的吃苦奉献精神。虽然偏远艰苦，交通不便，基础设施落后，但是为了军队的建设，他们以苦为乐，乐在其中，这是一种乐观主义精神。不知是怎样的情愫，我们来到这里，没有丝毫的陌生感，感觉其中口也是我们的家。

慢慢地走着，来到了官兵们在训练工作之余种植的菜地，精心种植的"绿色菜地"生机益然，有青菜、辣椒等，还有挂在藤上的丝瓜，一个一个着实可爱。看到有些战士在菜地里忙乎，同时也惊喜地看见我们的学生三三两两的也在帮着收菜。"自己动手，丰衣足食"，这是我军延续至今的优良传统和一大特色。我们的学生都是"90后"，基本上都在衣食无忧的环境中成长，对"粒粒皆辛苦"的感悟不深，希望他们通过这次实习，能够沉下心来，善于发现，虚心学习，相信一定会满载而归。

9月19日，营里组织我们到南涧沟野营拉练。拉练，是部队开展军事训练的一种方式，是锤炼部队官兵吃苦耐劳的精神和加强战斗力的一种训练。10公里的路程虽然不算长，但都是山路，路上布满荆棘，行走起来很不容易。学生们刚开始的兴奋随着越来越难走的崎岖山路变得沉默，有位女学生掉在队伍的后面，走在前面的同学发现后搀扶着掉队的同学，肩并肩地向前走。这时不知谁带头唱起《红色娘子军》来："向前进，向前进……"随之一首首军歌伴随行军的脚步一起向前进，军歌发挥出了战斗力。后来学生说只要有毅力，只要团结，就没有战胜不了的困难，就没有完不成的任务。

我们就在紧张、活泼、严肃、认真的氛围中，排练合唱，准备《并肩共筑强军梦》的文艺晚会。学生经过当教歌员、策划节目和拉练训练，工作热情高涨，主观能动性和工作应变能力变强了。9月21日下午录制合唱视频，一首室内，一首室外。刚开始担心录制进度慢及光线问题，先室外后室内，可去到室外光照太强，不好拍摄，迅速换装调整到室内，室内录制不能耽搁太长时间，学生能够调动演员的情绪较快进入状态。学生台前台后地为演出忙碌着，有的搬道具、音箱，有的负责音乐、音响等，每个人都在发挥着自己的力量，为集体出力。录制圆满顺利，如期完成任务。后来得知，仅仅排练不足五天的合唱，获得了二等奖的好成绩。

这里还有一个有趣的事情。每次我和徐杨老师跟着协理员在营院走路时，都会有一条白色的狗（不知是什么品种，暂且叫它大白吧）跟着。跟了几次，徐杨老师说大白喜欢跟着协理员走，可能看协理员级别最高。经观察果真如此。协理员说大白原本是团长养的狗，后因调动不方便把它带走就留下了，从此以后大白就经常在原住房处门口等，性格也变得孤僻。院里一只流浪狗生了一群小狗，每天大狗小狗在一起嬉戏玩耍，大白从来不与它们为伍。徐杨老师开玩笑地评价说大白自恃清高，它还盼望着有朝一日高官把它带走。我想也许大白是想着有人带它去找它的主人，在没见到主人前它需要保持它原本的样子。学生们也津津乐道地谈论大白，不知大白现在是否还在其中口等待。

9月22日晚，庆祝中华人民共和国成立70周年文艺晚会正式拉开帷幕。这是一台集独唱、对唱、表演唱、舞蹈、朗诵表演等形式于一体的晚会。学生对表演给予了高度的激情，演出气氛浓烈，受到驻地官兵及家属的一致好评。我也是演出的一员，为我们可敬可爱的官兵们献歌一曲，为我一周的随训画上了圆满的句号。

短短一周的教学实习活动，我收获了战友情，增进了师生情，开拓了思路，找到了带兵的方法，重要的是更加珍惜为兵服务的机会，多深入基层，了解官兵的文化需求，做到向战而行，为战而歌，为军队培养出优秀的军事文化人才。

二、学　说

傻狗大黑

陈东倬[*]

　　谁都爱夸自家的狗聪明，可偏偏大黑在部队里的几十号主人都说它是一条傻狗。虽然流着一半最聪明的拉布拉多牧羊犬的血液，可另一半还是被村里某只不知名的柴狗玷污了，导致它不仅脑子不好使，连长相都奇丑无比。可偏偏大黑的妈妈奴奴是团长的爱犬，在这座仅由一个营兵力驻扎的部队里，就连官最大的营长也得对大黑一家礼让三分。

　　可再荣耀的家世也免不了大黑被宰的命运。

　　谁叫它那么傻。

　　七八年前，当大黑还是一只小狗的时候，刚调级的团长回老部队视察。老领导回家，部队里热闹非凡。团长授意，营长组织，连长们具体实施，全营官兵放假三天，烧烤、喝酒、打牌，比过春节还热闹。

大黑仗着妈妈受宠以及当时还勉强算得上娇小可爱的身形，得到了团长的青睐。可谁能想到这条傻狗竟然拒绝和团长亲近，甚至当团长在饭桌上把它抱起来的刹那，它还在团长身上撒了一泡尿。

虽然团长的大笑掩盖了当时的尴尬，可从那以后，当时的营长便知道，这是条上不得台面的傻狗。

又过了几年，团长升任师长回到老部队。之前的营长转业回地方，新营长没听说过大黑的囧事，只想到奴奴已经去世，大黑是唯一能够跟师长攀上关系的捷径。可谁能想到，师长带了一条号称全世界唯一能进五星级宾馆的阿富汗犬，临下车前还专门让人给它铺红毯，说没有红毯，他的爱犬就不下车。战士们只得照做，临时给那条高傲的大犬铺了条红毯。可能是等红毯的时间太长，大黑思念旧主人心切。当师长带着那条长毛狗下车的刹那，大黑像疯了一样狂吠着扑过去，长毛狗的前爪刚触到红毯，就被发狂的丑大黑吓得瞬间钻回车内，任凭师长怎么拽都不出来。师长这边尴尬，大黑依然不识趣地跳着脚狂吠，还妄图钻进车内教训那只夺了它母亲宠爱的长毛狗，新营长以为师长正在和许久不见的爱宠玩闹，也不上前制止，等师长把大黑踹飞，捂着左腮出来的时候，新营长才意识到大黑闯祸了。

战士们都明白，私底下再出色，只要在领导面前冒了一次泡，那蠢这个字就永远绕不开了。一条咬了

76

主人的狗，被枪毙一百次也都是够的。可这营里，师长一年也就来几天，新营长忙着自己的调动，天天出去喝酒应酬，所幸傻狗大黑得到了广大战士和连排一级军官们的同情。于是，一场藏狗运动就此展开。

一个营，三个连，一连负责报务工作，二连负责巡线，三连负责后勤保障。按理说，把大黑交给巡线的二连保管是最安全的，他们可以把它藏到哨所。可大黑虽然又丑又笨，部队里的每个人离了它却都不习惯。它会在每天早上战士们出操的时候站在主席台上检阅部队，它会在报务员学专业时溜进教室呼呼大睡，还会帮暗送秋波的男兵女兵传递信件……

不过，上有政策，下有对策。原本高调的情趣转到了地下，反而因为害怕被发现增添了许多"胆战心惊"的乐趣。营长也查过几次大黑的下落，可奈何这支被称为情报龙头部队的战士们训练有素、配合默契，大黑到底还是在营长的眼皮子底下留了下来。

可傻狗就是傻狗，偏偏就爱往枪口上撞。

这一批新兵来的第二天，营长又为了调动的事去庄上和领导们喝酒。轮到藏大黑的一连忍不住把它放了出来，想让全营的新兵也感受一下老兵们当年的乐趣。可谁承想，三连的一个新兵怕狗，而大黑又偏是那傻傻的性格，以为新兵躲避的动作是要打它，连师长都敢咬的家伙，又哪里会怵一个新兵，新兵一抬手，大黑一跃，上去就是一口。

这下是再也藏不住了。

大黑必须就地处决。

营长还没回来下令，那些之前和战士们"沆瀣一气"的连长、排长们就迅速做出了决定——他们要用行动证明，他们早就严格执行了营长的命令，只是战士们思想作风不过硬，妄图把井然有序的部队生活社会化，拒不按照营长的指示根除地方上养狗的恶习！

若是上战场杀敌，他们都是一顶一的好儿郎，可对一条都养出了感情的狗动手……

军官们面面相觑，谁都不愿意承认自己对大黑下不了手，一场小会坐了很久，终究还是决定把处理掉大黑的任务交给当时负责藏大黑的一连，美其名曰一连私自藏狗，须自行解决。

大黑经一连连长交给了排长，又由排长交给了班长，班长又给了经验丰富的老士官，最终还是折到头由连长做了最后决定：让三连那个被咬伤的新兵磨练意志。

可是那个新兵的手被咬伤，抖得连刀都握不住。

那怎么办？

"毒死他。"在众人鄙夷、唾弃的目光中，被咬伤的新兵幽幽地开口。

"就这么办。"一连连长如释重负地从口袋里掏出早就准备好的老鼠药塞到新兵手上，又吩咐人把大黑送到三连，逃也似的带着自己的人马回了营房。

新兵不知所措地看着手里的药包，问询地看向班里年长的战友们。战友们纷纷收起怨毒的目光，四散开来，干起各自的事，不知是怕惹祸上身，还是厌恶间接害死他们爱宠的新兵。只听得老班长望着部队大门说了句"营长回来了"，新兵便不再犹豫，哆哆嗦嗦地把老鼠药灌进了自己的水壶。

不一会儿，大黑被一连的人抱进来。这只丑陋的大黑狗一脸无知地看向突然对它异常冷淡的战友们，它一转头，又突然惊恐地发现对面坐着的正是今天刚刚咬过的那个生面孔。那张生面孔正端着战士们从不用来喂它的制式水壶，轻轻摇晃，送到它嘴边。大黑能够感受到那个人身上的气味变了，变得发苦发黑，就像是它曾经误食过的汽油一样，一个不祥的预感划过大黑不太灵光的脑壳。

"汪——"

你是坏人——

大黑警惕地看着他手中的水壶，一双黑眼瞪得溜圆。

新面孔突然抽搐一下，似是感觉到了大黑心中的愤怒。他突然举起水壶饮了一大口，紧接着，原本冷漠的战士们突然蜂拥而上，抢夺他手中的水壶。水壶在地上翻滚，透明的液体喷涌而出……

他喝了，一定很安全——

他们都在抢，这一定很好喝——

傻狗大黑扑上去疯狂地舔舐地上的人间至味，它那粉红色的大舌头扇动个不停，突然，它感到舌根一涩，再也转不动，紧接着，它的肚内一阵抽搐，直立的四肢终于慢慢瘫软，摔倒在地。

　　属于大黑的世界暗了下来。可它却觉得，能在临死之前喝到人人都在争夺的人间至味，一定能保佑它升入天堂。

"其中"十日

毛 雪[*]

我想永远记住，2018 年的 9 月 3 日。

这天午后，我备好纸笔，收起行装，带着乐器，登上了开往其中口的大巴。山路崎岖，蜿蜒盘旋，车窗一寸一寸掠夺着道路两旁林木的苍翠，我将美景尽收眼底，然后，一帧一帧放在心里。

离北京越来越远，我想起了一些往事。去年深秋，我和刘子贤同学接到文学系的通知，紧急前往一个名叫"其中口"的地方，在名为"乐在其中"、实为师兄师姐的实习告别晚会上，增加两个节目。从北京到太行山深处，气温越来越低，秋风吹得我们瑟瑟发抖。环顾四周，峰峦叠嶂，我竟感到十分荒凉。脑海里有一个声音对我说，这么闭塞，这么偏僻，实在是太艰苦了，真能乐在其中吗？

---

　　*　作者为文学专业学员。

这个位于大山腹地的小山村，驻扎着某部通信小分队，去年我只在这里住了一晚，晚饭后主任还带领我们瞻仰了后山的老营盘。主任说他喜欢这个地方，老营盘让他产生丰富的联想和灵感，我却并没有理解主任的深意。记得第二天中午告别的时候，主任在上车前向欢送的部队战友大声说，我们还会回来的。当时我以为是一句客套话，没想到，今年他真的又来了，还带来了文学、音乐、戏剧、舞蹈四个专业的六名老师和三十九名同学。

大巴车驶入营区，就再也不见满目贫瘠了，众人惊叹，那几幢白色的营房算是山里最好的建筑了！还离得很远，就听到锣鼓喧天，鞭炮齐鸣，部队的首长和战友们身着常服，列队欢迎我们——来自国防大学军事文化学院的师生们。那一瞬间，我极力克制自己，不要泪流满面，但我早已在心中泣不成声，这样的真挚和热情，我从未经历，必将永生难忘。

放下背包，我们就开始展开各种活动，很荣幸，我作为文学专业的学员，能和音乐专业的同学们一同参演《经典音乐作品赏析会》，以及《全迷彩创作实习文艺惠民晚会》。在撰写晚会主持词时，老师教导我："这是一次新的探索、新的实践，主持词的写作在教学中还是一片空白，我们要抓住这次机会，作为一次实战经历，为将来总结相关经验打下坚实的基础。"老师一字一句地修改，我一字一句地学习，最终完成了任务。尽管不够完美，但我从中受益匪浅，我想，这就是一笔宝贵的财富。

还记得那一天，秋高气爽，老师又带着我们去"拜访"老营房，这一次，感受就不一样了。是的，拜访，老营房在我心里是一位老前辈、老英雄，时间越久，感情就越深。我望着绵延不绝的太行山，聆听老师的现场授课：这座山不算太高，连着万水千山；这条路不算太宽，通向遥远边关……老营盘啊，你是一座不老的山，走进来我们是铁，拔出去我们是剑……喜欢老营盘的老师在那一瞬间进入状态，几乎是出口成章地创作了一首诗。那么，也让我为老营房做点什么吧，让我来写一个独白剧，让我重回那段峥嵘岁月，和老营房一起，欢笑，或者悲伤。

我在群山的环抱中闭目遐想，温热的阳光落在我的脸上，空中有流淌的无线电波，秋风吹打树叶，就像吹打在许多年前，那个青年有些单薄的身体上——他十八岁，第一次穿上绿军装，来到这片营房，第一次，来到这个名叫"其中口"的地方。他坐了三天三夜的火车，一天一夜的汽车，然后随着驴车的细轱辘，在山路上颠簸着。他的心跳越来越快，仿佛看见了期盼已久的部队生活，仿佛听见了那嘹亮的口号声。可是，越往前走路越窄，越往前走沟越深，越往前走越苍凉。

他最终选择留下，即便内心充满矛盾，他也一定会留下——就像今天，我们都选择留在这里，和太行做伴。

我不会忘记，在其中口，我第一次亲近太行。

我是山西的女儿，从小听歌里唱，左手一指太行山，右手一指是吕梁。小时候，我很好奇，经常问妈妈："太行山是什么山？"她说，不是一座山，而是山连着山组成的山脉，叫太行。歌曲在我心中萦绕了多久，我对太行就向往了多久。后来，我知道了，巍巍八百里太行，自北而南贯穿于中国大地的腹心，上接燕山，下衔秦岭，是华北平原和黄土高原的分界线，也是中国第三阶梯向第二阶梯的天然一跃。

那一天的徒步行军，我们穿越溪谷，触摸太行。壁立千仞，怪石嶙峋，溪流汩汩，时而有峭壁造就瀑布奇观，气势磅礴。在峡谷中前进，我为太行的大气所震撼，在那一瞬间忽然明白，这支部队的精神就是太行的精神。

我还不会忘记，在其中口，我第一次了解炊事班的战友们。帮厨的那一天，略微年长的林班长引起了我的注意。林班长在部队已经度过了 16 个年头，在这之前，他在老团部警勤连站过岗，执过勤，在连队、内线、外线都干过，不论哪一行都是一把好手。用他自己的话说，这个团里，几乎每个单位我都去过。

我听战友们说，不管是连队集合还是去食堂干活，林班长总是第一个到，还要求炊事班的战友，他什么时候到，大家就什么时候到。每天早上，林班长提前半小时来到食堂，第一件事就是检查炊事设备，清点所需食材；同时他也是最晚离开食堂的人，整理卫生环境，准备次日工作。在这里，像林班长一样默默无闻的人还有很多，比如被大家誉为老黄牛的易利班长，烹饪大师刘力班长，技术能手、二等功臣付遇，"六朵金花"的传人胡慧娟、祝杰、赵倩、姜露明……他们把青春留给了其中口，留给了太行山，留给了这座老营盘。我们实习分队创作的歌曲《老营盘》里有这么一段歌词："脑海里有任务，从黑夜到白天。眼睛里有挑战，从这里到那边。肩膀上有责任，从霞飞到月圆。胸膛里有激情，从现在到永远……"用在这些官兵的身上，再贴切不过了。

还有风雨过后那道美丽的彩虹，我也不会忘记。

那是我们到达其中口的第九天，按照创作实习计划，我们将为驻地官兵演出一台《乐在其中全迷彩创作实习惠民文艺晚会》。据说，当地进入9月之后，一般是不下雨的，但是那天下午，突然阴云密布，到了傍晚，秋雨淅淅沥沥地下着，越下越大。我们的晚会能否顺利举办，成为盘旋在所有人心头的问题，我们从未像那一刻那样专注，也从未像那一刻那样众志成城，我们都在心里同老天爷较劲。后来，徐主任下了决心，对总导演梁召今老师说："天变我不变，坚定六点半，你在台上练，我在台下看。哪怕没有一位观众，我也会在台下看着你们！"梁老师把同学们召集在一起，主任问大家有没有信心，同学们异口同声喊出一声响亮的"有！"

说来神奇，就在晚会开始前的十分钟，一道颜色亮丽、形态饱满的彩虹，横空出世，出现在东方的天穹，紧接着，天就晴了。我们欢呼雀跃，热泪盈眶，老天给我们出了天上的难题，却被我们深深打动，给了我们天上的惊喜。大家都说，这一道彩虹是从我们的心里升起的。

或许，在未来的岁月里，我们还会与不同的美景相遇，然而其中口的彩虹，注定是我一生中所见过的最美的彩虹。

其实，我们的实习刚刚过去三分之一，我不知道，在后续的二十天里，这里还会发生什么，我相信，一定会有更多的惊喜在等着我们。

其中口杂记

邢景华 *

一

从没想过自己的大四生活竟然是从太行山脚下名为"其中口"的这个地方开始的。

初次来此创作实习，光坐车就坐了两个半小时。一路上，两侧绵延不断的青山和山里十八弯的路令人着迷。这儿的山既不像天山那样高耸入云，又不像大西北的山那样光秃秃，它们是那样的普普通通，却在阳光下，有蓝天白云的衬托，显得格外亮丽，绿树在光的照耀下，反射出银辉，倒让我对其中口这个地方产生些许期待。车还没到部队大院儿的门口，便有很多村民走出狭窄的小街道，到丁字路口的交叉地，来

---

* 作者为音乐专业学员。

观赏我们这群从北京来的部队。呦嗬！可别小瞧了我们这支部队，我们这部队里的人可是各个有才，各个有艺，唱歌、小品、舞蹈、文学……那可是一顶一的棒，大家这次来的目的也是完成徐主任给我们的任务——"让心灵开花"。

下车的时候天色渐暗，把行李拿回营房，在屋内回想一天的路程，还真的是怪吸引人哩！仿佛我也成了小学语文课本里《桃花源记》中的陶渊明，置身于这美好的天蓝山青中，静静聆听营房外的风，别说，这风还真有点儿意思，把树叶吹得沙沙响，配合着暗淡的月色，釉青色的山也在不远处坐立依然，仿佛在守卫着这片土地，在北京可观赏不到这样好的景儿。只是，这大山里的风与城市里的风不尽相同。这风一吹来，能让人直接打个寒战，冷得直哆嗦，才 9 月份的天，怎么跟 11 月份一样。于是，晚上我决定穿着秋衣秋裤再盖上一层厚厚的被子睡觉，于是，在这个人少山多、宁静又有大自然音响的地方，我温暖地度过了人生中大四的第一天。

二

部队大院的一块石头上刻有"乐在其中"四个大字，在来之前早有耳闻。第二天我大清早跑操时特意留意了一下这块有名的石头。石头很普通，赋予它生命意义的是上面那四个大字，想必生活在其中口这个小村庄世世代代的人们都希望能一直乐在其中吧！大山里的清晨有那么一丝丝的凉，空气却格外新鲜，我说不出来这是什么味道，或许是青草绿树上露珠儿的香味儿吧！清晨的大山在这时看来又是一番滋味，山腰间雾岚缠绕，看起来还真有点像《西游记》里的神仙庙一样，假若我猜得没错，指不定山上还真住着些神仙呢！跑操结束后，营房外的植物带中，我看见了一棵盛开的玫瑰，瞧，多美，红的那样热情、奔放，而又刚毅、向上，显示出其特有的气质，不知哪位有心人在这儿种下这么一棵玫瑰，给绿色的军营增添了一丝柔情的红色。在军营的一天，我们的生活和战士一样，实行五同，课余时间排练节目，希望能给这里的人们带来更多的文化娱乐，给部队官兵以鼓舞和激励。嘿，这有什么难？除了能与战士们一样吃苦外，我们可在排练节目上分外努力上心哩！

三

说到排练节目，我们认真的样子可一点儿都不比中央电视台的差，只要是搬上舞台的，我们绝不含糊，只要是能展示给大家的，我们绝不落下，十八般武艺，样样俱全！9 月 7 日，我们全体音乐专业学员先为部队官兵们带来了一场高雅艺术，让高雅艺术走入部队，进入部队。本来担心会不会因为展现的是殿堂艺术，没有很多人能理解，结果，我错了，我发现他们听得很认真，鼓掌很卖力，掌声很热烈。这样的艺术，能带给这些官兵们，突然在心头升起了一种特殊的自豪感。是啊，原来我们的艺术还可以这样为他人所用，有所价值，在台上的我深深地向战士、领导和老师们敬礼。在这举手敬礼间，竟是那样的真诚，它不仅仅是一种礼仪，更承载了我对老师们的感谢，对部队官兵们的致敬，对其中口这片土地的热爱！

四

9月8日，周六，天晴。早上8:30我们与战士一起集合在部队门口，准备进行野外拉练。又兴奋又激动又害怕，我可是在学校长跑还基本及格的人，这走路，可难不倒我。突然，那边传来几个战士的声音。我凑过去一看，原来是在发中午的干粮。好家伙，一看生产日期，竟然是2016年1月1日生产的，现在可是2018年，开什么玩笑，这里面得放了多少防腐剂呀！心里这样想着，我才不要呢，于是我把本来已经拿到手的压缩干粮又放回了箱子里，回到队伍中好好站着。不一会儿，传来队长的声音，听得不太清楚，大概是说不拿这吃的，中午就要饿肚子。我又仔细想了想，好像说得不无道理，好汉不吃眼前亏，反正先拿了，不吃到时候再扔也可以。于是我踱步上前去，拿了一包装进了自己的挎包中。就这样，背着一壶水，拿着一包干粮，开始了我们一天的徒步行军。刚出大门，对村庄里的一切都有新鲜感。记忆犹新的是一家有卖蛋糕的小商店却关着门；还有个名字非常霸气的饭店叫烤大鹅，这名字真不能不让我想入非非；快到山的拐角处，好多老奶奶、老爷爷，还有抱小孩的大姐都出来坐那儿看着我们，街道上不时能看到有狗在来回溜达，吃着道路上无名人士撒的剩饭汤水……

拐过山角，便真正进了山。大山里，手机一点信号都没有，索性将手机收起来，认真走路。还真别说，刚开始的路走得非常的顺，体力、耐力，一切都跟得上，健步如飞，鞋踩在石子上，还觉得有些好玩儿，一高一低的，甚至还感谢它们给我的小脚丫做了个适当的按摩。一路上欢歌笑语，阳光正好，大家都活力四射，举着党旗的尖刀队走在最前面，为我们开路，他们走得太快，我们还有点儿跟不上呢。途中，大家在大岩石前拍了合照，经过小溪水，尖刀队的战友们帮忙扔大石头在水中，好让我们踩上去，安全渡水不湿鞋。摸着这清清凉凉的山泉水，用它洗了个脸，脸上泛起红红的晕，殊不知，这样的年轻体验，人生会经历几回呢？快到 11 点时，果不出所料，大家走得乏，走得累，走不动，真想坐那儿歇歇，队伍有些赶不上。当时我就在想，我们这才走了多久呀，那红军两万五千里到底是怎样走过来的，自己以前没体会，也就只当说说了，对长征数字无概念，今天这一走，不免有些佩服他们，这种长征精神在我今后的生活中，将会成功地影响着我的一生。

走了一上午，又累脚又疼，还好再经过一个大上坡，便能到终点。红旗驻扎下来，我们也到达了目的地。其实目的地的风光远不如沿途的风景好：对面是一大片玉米地，可看上去却显得不是那么密，稀疏潦倒，有几棵甚至还七扭八歪；远处的山上竟还能看到一头大黑牛悠闲地吃着青草。我不行了，我需要坐下来好好休息休息。看着战友们拿出来那包生产了两年的干粮吃得津津有味，我也小心翼翼地掏出了它，按照上面所讲的办法，一步步加热后，尝了一小口，觉得是那么的好吃，狼吞虎咽的我竟然独自吃完了一整包肉丝炒面。终于理解，人在饥饿的时候感觉就是不一样啊！这期间，还有战友们的才艺展示，我看着这蓝蓝的天，不禁感叹：能就这样和你们在一起多好啊……

下山的路要比想象的快得多，只是到了山脚下，看到手机里的信号，才忽然想起来一个画面，大山里谁的手机都没有信号，为什么主任在吃饭的时候还打了电话呢？他是怎样打出去的呢？又是打给谁的呢？

五

　　站在部队后山的老营房前，天地为之变色，雷声巨响，眼前立马回到了 1976 年，我看见太行山脚下那一代一代的老兵，他们身强体壮，在那个年代，那个冬天，白雪覆盖了整个部队；那个夏天，站在烈毒太阳下战士们的身影出现在这老营房的各个角落，他们有的在训练，有的在清扫路上的石子，有的则在修理通信工作的电器，更重要的是，负责通信工作的年轻战士在深夜中工作，生怕看错一个数字，机房的嘀嗒声与夜晚窗外的风声合奏出一篇华丽的乐章。我们在主任的感召下，以屋前檐下的阶梯为讲台，上了一节我从没有上过的即兴创作课。主任的故事曲折感人。在这大山深处，我不禁想起小时候的一篇语文课文，山那边是什么呢？山的那边还是山，山那边的山啊，铁青着脸。是啊，来到这大山深处的士兵们，应该也会向往山那边的海吧，可是他们却日复一日、年复一年在这里坚实地保卫着我们的祖国，因为他们知道，他们肩上扛着一份关系到整个国家、整个民族的责任！

六

　　"看，天上出现了彩虹！"我慌忙跑出演出后台的小屋子，抬头仰望天空，看见一道美丽的彩虹从山的这边连向山的那边，这真是热泪盈眶的时刻，有谁不希望自己的眼睛里看到的都是五颜六色，有谁不希望自己的生活充满缤纷色彩呢！我想这大概就是我们喜欢彩虹的原因吧。她带给我们希望，在我们即将演出的舞台上空架起了一座美丽的彩虹桥！我的战友们都从屋里出来了，大家都默契地没有打伞，拿起手机想把这美好的瞬间记录下来。时间退回半小时前，天空突然下起了瓢泼大雨，大家无精打采地坐在后台垂头丧气，主任走过来，看大家这样一幅情景，就问大家相不相信一会儿等到演出时，雨就会停？大家都支支吾吾，忧虑排练好多天的节目，就要给父老乡亲们演了，老天这一阻止岂不砸了？这时，主任又开口了："要是到了演出时间，雨还没停，我就自己一个人坐在台下，当你们的唯一观众，演给我看！"主任的话，让我油然而生敬意，将钦佩的目光投向他。观众是演员的生命，若没了观众，就没了激情，没了生命，艺术也就走到了尽头。此刻，雨到底会不会停呢？我一直嘀咕着。时间一点点在逼近，就在临上场前十分钟，天空突然放晴，乌云悄然遁形，且出现了美丽的彩虹，好像故意和我们开了个玩笑似的。紧接着，乡里村里，街坊邻居全都出来了，就连当地的小学生都搬起小板凳，系上红领巾来观看我们的表演，接下来发生的事情想必你就非常清楚了，演出格外的顺利，气氛非常的热烈，反馈异常的成功！第二天清晨出早操，主任把我们叫住，讲了一句让我永远不会忘记的话：让心灵开花！

部队实习心得体会

李嘉茹 *

　　这是一次颇有意义的生活体验，特别感谢徐主任为我们竭力争取到这次实习机会。经过徐主任的计划安排指点，还有学校的鼎力支持，我们全体 2015 级学员组织到部队体验生活，同时也给自己将来的军旅生涯打一个初步基础。虽然到现在只在这里待了短短的十多天时间，但在这十多天里，我们收获了很多，都爱上了这个地方。这次体验为我们国防生之路增添了亮丽的色彩。

　　从学校坐了近四个小时的车，在大山里转来转去终于到了我们实习的地方——其中口村。说实话，刚来到这里我内心其实是很排斥拒绝的，因为这个地方太偏僻了，离市区好远，什么都没有，国家级贫困地区，一点儿意思都没有。但两天之后我就爱上了这个

---

　　* 作者为戏剧专业学员。

96

地方。这里空气特别好，环境很美，有山有水，很安静。就像徐主任说的，在这里生活能远离世俗，让自己的内心平静下来专心搞创作，最后呈现出一部好的作品。而且在这里也不孤独，有同学们每天都在一起排练、学习、训练、创作，还有这里的战士们一起训练。彼此之间团结友爱、相互照顾、共同努力，真的还是很幸福的。

这次的体验生活不同于以往的军训，是我们军校学员全面、深入地接触和感受部队生活的难得的机会，意义十分重大。作为国防生，我们毕业后是部队的一名军官，是基层的一名干部，只有更深刻地接触部队生活，清楚地了解部队战士们的心理，才能更好地为我们以后的管理工作打下坚实的基础。虽然我们是艺术生，学的专业知识比较精，重点都放在了专业上，但如果对部队的生活一点都不了解，那就不能很好地适应部队生活，更别提还要自己当兵了。所以此次创作实习，实践意义和影响是深远的。让我们从思想上重视起来，使我们清楚地知道，这就是真实的部队。适应部队和在部队中成长是我们面临的两个问题。通过这次的体验生活，我们在了解部队的同时，也解决了一些思想上的疑惑，比如部队对我们国防生有什么看法，国防生在部队上发展前景如何等。从部队指导员、连长等口中得知，国防生在部队还是很受欢迎的，由此增强了我们到部队的信心。

通过部队的生活、训练，我们看清了自身的差距。我们学员的专业优势是不言而喻的，但当我们步入部队后，就如我们连的指导员所说"在部队里能用到大学所学知识的 20% 就已经很不错了"。的确，当我们以后带兵时，我们大学生在军事素质、组织指挥等方面的不足是很明显的。想想在训练的十天里，假如我是排长，我能做到像他那样的指挥吗？清楚地知道自己和他们的差距在哪儿，"在队列面前不敢说话，有点尴尬""指挥口令下得不对"等，都是我自己的不足之处。我想正因为发现了自己的不足，就一定会在这方面多下苦功夫，增加压力感，在实践中能够有意识地、有针对性地强化薄弱环节，从而提高自身的综合素质。

在这里，我们对士兵们有了一定的了解，加深了和他们之间的情谊。通过我们和部队士兵们的接触与交谈，我们知道了他们想什么，要什么，这不仅能增进我们和战士们的情谊，也有助于我们到部队后对战士们的管理。我觉得我们不要对他们有偏见，不要觉得我们懂得比他们多而不屑与之交流。这样不仅我们接触不到实际情况，他们也会对我们产生疏远感。只要真诚地和他们交流，会发现他们身上有许多优点。当感情真正接触后，我们和战士们就能互相帮助，共同进步。当我们当上排长、连长时，就更容易管理好战士，与他们打成一片。其结果，不仅增进了感情，也增加了我们自身的威信，这种魅力，我觉得是带兵的最好方法。

最让我印象深刻的是部队组织的那次徒步行军。在大山里来回路程大概二十公里。这是他们的训练项目之一，锻炼军人的体能、耐性和意志力。连长一声令下，我们几个便开始了向大山进军。的确，这段行程真的很长，但一想到我走了那么多路，免不了有种成就感，咬紧牙关也得跟上大部队，一直在队伍前面走，还在其中找到了乐趣。一次，在比较难走的路段，我不小心踩到了碎石头，眼看快要滑倒之时，前面的班长一把抓住了我的衣服，使我调整好平衡，避过险情。就是这位班长，总是关照着我，使我得以顺利走过坡坎，越过河沟。同学们也都相互扶持帮助，还一起唱歌、拍照。中间休息吃饭的时候我们也相互照顾。我的东西不够吃，班长就把他的好吃的分给我，这虽然是些简单的小事，却表现出战友间、同学间真挚的情谊！训练场上你我相互帮助，你的动作错了我帮你纠正，我倒下了你搀扶，细微的动作传达出战友间彼此的关爱！

我们在这里还有一半的实习时间，回到学校之后要把这一个月的生活当作一次重要的体验，将学到的东西运用到学校学习中，弥补发现的不足，在学习生活中有意识地去锻炼自己的能力。

在学习上，要逆水行舟，知难而进，不进则退。

所以，我们只有每天都把学习放在第一位，才能有所进步，才会让我们的知识更加丰富，同时我也认为学习知识固然重要，也要在学习知识时，体会到学习的方法，我想这才是最重要的。因为知识是死的，方法是活的。只要掌握了好方法，不管以后遇到什么样的知识，我们都会学得很快，也可以很好地把学到的东西运用到现实生活中去，真正做到学以致用。

在工作上，积极配合教官、队长的工作，多多与教官、队长接触，希望在某方面能帮上忙。一方面，训练的同时，要时不时地去学习队长们带兵的方法，增加一些带兵的经验。把握好机会，只要有能提高自己的时候，都要去努力争取。另外一方面，多接触一些部队方面的东西，比如带兵的方法，待人处事，多向部队里的优秀军官学习。对于部队出现的一些问题要有自己的看法，多多思考。举个例子，在部队的几天里，我知道兵不练是不行的。第一次，看到新兵被班长"折磨"得那么辛苦，难免会有同情之心，但经过几天后，看到了新兵在训练时显现出来的问题，想想他们平时确实得好好地锻炼自己，这样说来，班长们的"折磨"是在不断地提高他们，这样从个人做起，才能提高整个部队的战斗力，对部队是一个很大的提高。还有一个问题，就是在部队里，有些班长或老兵仗着自己在部队待的时间比较长，好多时候都把自己应当做的事抛给新兵们做，比如执勤、站岗等。

我觉得这样的行为是可耻的。新兵不是给老兵仗势欺人用的，相反老兵应该把自己的经历告诉新兵，让他们一步步地提高。如果说班长们的训练"折磨"士兵还可以理解，那么他们让士兵帮他们站岗，那就太不可理喻了。干部要从自身做起，而他们却图一时轻松，让士兵们饱受煎熬，有的士兵一晚甚至要站上好几次岗，试问他们第二天能有精神投入紧张的训练吗？所以面对这样的问题，我就在思考，如何解决这种不良风气。我觉得首先要从干部自身抓起，不定时地对他们进行思想政治教育。让他们清楚，怎样带出来的兵才是优秀的好兵。

因此，我认为现在多多思考那些贴近部队的问题，正当时。对我们处理问题也是一种提高。

最后，我认为这短短的一个月将成为我们将来人生路上的一笔宝贵的财富。感谢学校，感谢徐主任给我们这样难得的机会，谢谢部队首长对我们的培养。请你们放心，我们会努力成长为一名合格的军官。因为我们热情洋溢，我们斗志昂扬。

"其中"感悟

李晨曦*

9月份到10月份，我们根据学院的统一安排，来到其中口村，进行为期一个月的实习锻炼。一路上我们的车离城市中心越来越远，驶出了郊区，驶出了宽阔的大路，驶上了颠簸的乡间大车路，直到没有了一点城市的气息，只是满眼的绿油油，差不多的景色，我渐渐有了困意，偶尔出现几家乡村人家点缀在绿意中，提醒我们车还在前进。

颠簸了五个多小时后，我们的车转进一条小道，其中口这个小村庄出现在眼帘中，小道旁一家挨着一家，村民目视着我们的汽车驶过。终于到了单位的门口，不是那么华丽，不是那么宽敞的大门，但有一种别样的气质。缓缓开进大门，干净而没有装饰的大院子，简单的两幢营房，让人有种柳暗花明的感觉。而

---

* 作者为舞蹈专业学员。

这里就是我们此行的目的地。下车后，受到了战士们热情的迎接，每一位战士都兴高采烈地帮我们拿行李，这让我们放松了很多。

我们每天的生活都很充实，看似简单的事情对我们来说都是一种新的体验。刚开始以为每天在这儿生活会像墙上的时钟，一圈又一圈慢悠悠地转，远不像自己想的那么有趣和电视里演的那么精彩，觉得新鲜劲儿一过就会每天都度日如年，唯一能给我安慰的是时间不长，就只一个月。可结果一天天过去，我并没有觉得有一丝的难过，反而是接触到了新的东西，参加野外拉练、组织惠民晚会、中秋晚会，帮厨，参观战士们平时技能练习等，都给我们不一样的感受。我们组织晚会，创作新的作品，最大程度地发挥了我们的专业能力，这让我很欣慰，但在欣慰的同时我也感到非常疑惑，这里的士兵不像我们，他们需要在这样的地方待很多年，需要忍受这样无聊的生活很多年，他们是怎么做到的？是不是有什么窍门？带着这样的疑惑和目的，我问了带我们的一个女兵。她却说："因为需要我们这些人啊，反正总得有人在这儿，不是你，就是他，总得有人。"本以为会问出一些窍门，或者是一些高谈阔论、奉献牺牲的革命精神什么的，然而却是这样一句纯朴普通的话，极其简单却行之不易的一句话。听到这句话时，我只觉得面前这个普普通通的女兵不再那么简单。

因为需要，所以我在这儿，即使艰苦，即使要耗尽年华，亦无怨无悔。我不知道现在还有多少这样的精神，还有多少这样的女兵，一个皮肤不那么白皙，衣着脸庞不加装扮粉饰的普通女兵，肯定是存在的。在这个偏僻的军营、交通不便的角落，这些曾经最可爱的人在新时代依然可爱，依然坚守着这可爱中国的每一寸土地。可能他们并没有多高的学历、多光鲜亮丽的外表，但他们却有一种可贵的精神；可能他们并不是伟大的人，但他们却从事着一项伟大的事；可能他们并不清楚中国梦、强军梦的具体含义，但他们却正投身这一伟大事业。枯燥的生活在这种坚守面前也变得有意义起来；无聊到可以肆意挥霍的时间在这种坚守面前也变得珍贵起来；在平凡中坚持，坚持也变得不平凡起来。

　　没有一帆风顺的人生，一帆风顺的人生也走不到终点，历经苦难，才能迎来辉煌。青年兴则国家兴，青年强则国家强，青年官兵强则军队未来强，从他们身上我看懂了。

　　实习前在和一个同学闲聊时，聊着聊着聊到了毕业分配，其实我当时也很迷茫，对未来不知该怎么打算，就只知道一点我肯定要下部队，我和她说我们从事的是一项伟大的事业，你不懂。她只是不屑地一笑，说了一句让我难受了好几个月的话，压得我喘不过气，"你从事的的确是一件伟大的事，但伟大的只是你从事的事业，而不是你，而且谁都可以从事，你并不是不可或缺的"。那时，我沉默了，因为她说出了我的心里话，虽然伤人，但确是我当时所想。

自从那次和同学聊天后，我变得更加迷茫，更加没有目标，整个人变得越来越消极。如果没有那个女兵的那句话，我可能将会继续消沉下去，我可能不会明白投身军旅、平凡坚守的意义。还好，生活没有放弃我，我的军旅路没有放弃我，我从此也不会放弃它们。

前几天，我给那个同学发去了消息，"因为需要我们这些人，总得有人要做出牺牲，不是我，就是你，总得有人，即使做不了那个滚滚向前的车轮，我也愿做一颗支撑车轮的平凡铺路石"。

身在其中

严　芯*

　　从霓虹闪烁的繁华首都到偏僻闭塞的太行深处，从书香墨浓的大学校园到战斗冲锋的火热军营，耳边从朗朗的读书声换成响亮的军号响，经历这两周的洗礼，我感觉自己的所思所想、所言所行学生味儿淡了，迷彩味儿浓了；书卷气轻了，为战向战的军人风足了。这茫茫大山，藏不住绽放的青春芳华，隐不住澎湃的强军梦想。

　　9月3日，刚刚参加完开学典礼，没来得及在日记本上详细地规划新学期的计划和目标，就在主任和老师的带领下，收拾行囊，踏上了到基层一线的客车。"干在其中，学在其中，苦在其中，乐在其中。"在主任和老师们的教导下，我们整内务、练作风、锤本性、强本领，与其中口的官兵一起生活，一起训

————————

　　* 作者为文学专业学员。

106

练。也在主任和郭震老师的要求下，尝试创作了之前从未触及过的小品。其间还参加了徒步行军，更令我骄傲自豪的是，师生们共同承办的惠民文艺晚会，得到了各级首长官兵和驻地村民百姓的一致好评。我深深地感到，晒得黑黑的脸庞不那么让自己悲伤了，而历练出来的红红的军队情感则让自己欢呼雀跃，为之鼓舞。

一、八百里分麾下炙，五十弦翻塞外声

9月8日，到部队的第四天，随着一阵短促紧张的紧急集合哨音，整齐划一的行军队伍瞬间便集合完毕。平常在学校里虽说也是一名手脚麻利的"女汉子"，还是成功地被战士们更为迅疾的集合步伐甩在了后面。带上战斗装具，我们沿着"剑阁峥嵘而崔嵬"的山间小径出发了。前两个小时，我还没感觉到疲累，一路欢声笑语中伴随着几张自拍，清新美好的空气和风景让我开心不已。可接下来的时间就没那么好受了，行走速度越来越快，战士们的步伐越来越紧凑，我们几个女生显然有点"吃不消"了，但是在大家的互相鼓舞下，没有一个人喊累，没有一个人叫停，我第一次感觉到，原来冲锋战斗的热情，可以让人忘掉一切苦累！

休息间隙，一阵悦耳的歌声响彻山间，穿过热烈的掌声，原来音乐系的同学在用唱军歌的方式鼓舞士气。这让我想起长征中的"路迢迢，秋风凉"，想起

"横断山，路难行。战士双脚走天下，四渡赤水出奇兵"，想起"官兵一致同甘苦，革命理想高于天"。看着一张张绽放的笑脸，我整理身上的行装，大踏步向前走去。

到了中午，我们总算到达了目的地，并开始捣鼓分发下来的"美食"——单兵自热口粮。很早就听说我军有此创意，经过无数科研人员的试验和验证，才开发出这款经典美味，今天终于可以一睹真容、一尝其味了。激动地撕开包装袋，拿出塑料刀叉，美食入口，虽然并没有想象中的"舌尖上的中国"式的可口，填补腹中饥饿是足够了。其间，音乐专业、舞蹈专业、戏剧专业的同学给我们即兴表演了节目。抬头望望漫天云霞，这"八百里分麾下炙，五十弦翻塞外声"的壮丽场景，不禁让我热泪盈眶……

二、歌声响彻云霄上，战地黄花分外香

9月11日，在当地村民们的热烈欢呼中，各专业同学会聚在这小小的舞台上，在这偏远的山村一隅，唱出了满满的强军理想，唱出了似火的青春热情。

台下那一百五十名整齐端坐的观众，我不知道他们此刻内心的具体想法，但我想这场演出一定会像主任所说的，在他们的心底埋下种子，我希望并祝愿他们在未来的某一天能走出这座山，能迎来自己的那道彩虹。

三、雨后升起彩虹，青春绽放光华

在我往后的人生中，绝不会忘记这次令人感动的"全迷彩创作实习惠民文艺晚会"，全体师生战胜了电闪雷鸣的瓢泼大雨，克服了设备简陋的不良影响，用团结协作的努力和决不放弃的精神，创作出了一台完美的文艺晚会，赢得了数百人的掌声和喝彩。更重要的是，它激励着我前进，教会我勇气和信心。

"那道彩虹是从哪里升起来的？"

"让心灵开花，那道彩虹是从我们的心里升起来的！"

习主席多次深切教导我们：军人生而为打仗，一切都要向实战出发！军事文学创作同样是这样，当兵锻炼以来，我深切地感受到，自己的理论功底、文学水平正在部队的磨炼和锤打中不断进步。每念至此，心潮澎湃，在接下来的日子里，不驰于空想，不骛于虚声，一定要将自己的人生理想与军营和文学创作紧紧贴在一起！

实习报告

陈厚方 *

十天前我们突然收到通知要到一个地方（其中口）进行实习锻炼，从很多人的口中我得知其实大家是不想去的，因为其中口这个地方很穷，比较偏远。就在即将出发前的一天，徐贵祥主任召开了动员大会，这场会议解答了我心中曾想过的问题，我深受启发。是的，我们都太缺少素材，缺少灵魂，缺少真情实感。那些日子我一直问自己，我是不是能行？我能不能唱好歌？我能不能沉淀出什么、感悟出什么？我究竟能不能写出好作品？带着这些疑问，我正式踏上了实习之路⋯⋯

车开了很久，从这个山绕到那个山，随着人烟的逐渐稀少，海拔的不断增高，我们来到了"其中口"这个地方。一下车，迎接我们的是贯耳的爆竹声和锣

---

* 作者为音乐专业学员。

鼓声，是一张张官兵们淳朴的笑脸，这令我想起徐贵祥主任《历史的天空》书里的一句话：一夜之间，物是人非，恍若梦幻俨然隔世。物是指的是从高楼大厦变成了一座座山，人非指的是我看到了平时看不见的一张张充满正能量的脸，恍若梦幻俨然隔世用在这里可能夸张了点，但是这个地方即将带给我的感受是在外面永远体会不到的。

（一）前两天的生活基本上都是在与其中口处于一个磨合的状态，不过我很快就适应了。我们跟着战士们一起去修电路，收拾水泵房，大家分工合作一下就搞好了，这给我的第一个感受，就是团队协作的重要性。是的，无论做什么事，团队很重要，做好自己的环节，然后互相配合，事半功倍。

（二）我们参与了徒步行军的活动。来回大概是二十公里的山路，路上还穿插着各种小河流，鞋子是湿了又干，干了又湿，脚指头也顶得生疼。平时在学校不怎么练，体能日渐下降，走这个徒步行军，真的很累，不过好在一路风景优美，还有老师和领导、班长们做伴，就渐渐忘掉了疲劳。等到了中转站时，我们便开始吃午饭，吃的是发的压缩干粮和煮不软的炒饭，虽然不好吃，但我发现大家的脸上都洋溢着开心的笑容。为什么呢？要我说的话我说不出一个所以然来，但我想这便是主任说的让心灵开花吧！走着山路闻着那薄荷的香，清泉流入我的心田，让我心驰神往，抬起头，又见那军旗飘扬。我觉得这次的徒步行军是我的一次心灵之旅。

（三）老营盘。这是一个很老的营房，已经很久没有人住了。看着一排排的老营房，顿时觉得荒凉，就在这时突然一缕阳光穿过云层，照射到营房旁的一棵棵大树上，树叶反射着光芒，一闪一闪，仿佛给老营盘注入了活力，又能看到以前的景象了，心中不禁油然生出一种敬畏感。我想这里就是一个根吧，从这里孕育出的红色基因，传播到祖国大地。如今我们因为受到了它的恩惠又回到了这个地方来感谢它，来继续传承它。这一天我们集合在老营房前，与徐贵祥主任和各个专业的老师，一同学习，一同感悟，一同探讨。我倍感珍惜，倍感幸运，因为这样的机会太来之不易了，对我们每个人来说，这是一个全新的开始。

（四）为了感谢部队对我们的欢迎，传播音乐文化，我们决定组织一场音乐会，从计划到演出，一共只用了几天的时间，过程很艰辛，从组织策划，到歌曲的选择，晚会编排，调试音响设备等，大家都投入了很多心血。从最初的事不关己，到最后的齐心协力，我感觉大家都开始变了，像是拧成了一股绳。这让我感觉到今后就算有再大的困难，我们 2015 级也一定没有问题的。

（五）在我看来，村里的那场演出，是最大的收获。在专场音乐会结束没多久，很快又决定到村里面给老百姓搞一台晚会。接到通知的当晚，我就出发提前去村里舞台调试设备。中间遇到很多困难，每当此时，我就告诉自己一定能行的，能行的。最后见招拆招，总算把设备都给弄好了。原来自己是可以的，而有时候我们缺的往往就是一股劲儿。这场演出可谓是一波三折。当快要演出的时候，老天给我们开了一个大大的玩笑，来了一场大雨。我当时的心情万分沮丧，付出了那么多难道最后演出不了了？直到主任给我们讲的一番话，让我又坚定了信念，一定要把这个演出完成，还要弄好。于是又继续投入到准备工作之中去了。就在演出前的十分钟，突然舞台外传来同学们的喊叫声，正疑惑不知又出了什么事，跑出去一看，那一刹那，我热泪盈眶，雨过天晴，一轮彩虹高挂上空。真的很感动，这对我的心灵是多大的撞击呀！在经历挫折后看到的彩虹才最艳丽、最动人。因为这个彩虹的出现，在演出结束后我写下了《军营的彩虹》这首歌曲。我想这是上天给我的恩赐，也是给在场所有人的祝福。这更让我看到了人生的意义，我想我们都要懂得感恩，因为我们在前行，一路有彩虹做伴。演出当晚村民们都来了，150 名小学生也来了，场下一片热闹，晚会最后圆满完成，给我们给村民们都留下了一段难忘的、美好的回忆。

这场实习仍在继续，紧接着便是中秋晚会，相信这会带给我更多感悟。还记得主任说的那句话：其中口，其中大有文章。感谢这个地方带给我的体验，感谢每一位老师的悉心指导，感谢每一位战友的出现，是你们让我成长了。往后的日子里，我会更努力，潜心钻研，用心感受，用好的歌曲回报所有人。最后我没有什么能说的了，因为有些东西能意会却不能言传，只能留在心里慢慢沉淀感悟，能对大家说的除了感谢还是感谢。嗯，感谢这里的每一位，感谢大家！

我在其中

张天政 *

　　"宝剑锋从磨砺出，梅花香自苦寒来。""不经一番寒彻骨，怎得梅花扑鼻香。"经过十余天的实习经历，我有所看，有所听，有所悟，更有所动。"动"字，不只是行动的动，更多的是感动的动。

　　秋风送爽、丹桂飘香的季节，在我印象里，一年中我最喜爱的月份便是9月，不只有舒爽的天气，还有满满的收获。

　　9月初，我们怀着忐忑不安的心情在主任、领导、老师的带领下来到了河北省保定市涞水县其中口村。刚到的时候因为这里的阵势，我们十分激动，接下来的动员会上，主任为我们下发任务，并引导我们要在9月23日的中秋节，每个专业拿出原创作品，为这里

　　　　　————————

　　　　* 作者为戏剧专业学员。

的部队组织一台文艺演出。听到这个消息的我们个个摩拳擦掌、跃跃欲试，主任及老师们带着我们各个专业显神通，没过两天，栾凯老师就带着音乐专业的学员组织了一场音乐会。紧接着又来了紧急任务，要在其中口村委大舞台上，上演一场全迷彩创作实习惠民文艺晚会，文学、戏剧、舞蹈、音乐，各专业都全力以赴、披挂上阵。终于，9月11日星期二下午，演出就要开始了，然而就在开演前的一个小时，突然下起了瓢泼大雨，这等于给我们泼了一瓢冷水。关键时刻，主任把大伙召集起来说："孩子们，如果今天没有人来看，我就当你们最真诚的观众，你们的努力不能白费！"他的话让我的鼻子发酸，一扫灰心的念头，大伙立马也信心倍增，想着有主任、老师在，原来我们不是一个人在战斗，我们是一个集体，国防大学军事文化学院创演系这个大集体！作为演员，我们应该有最基本的职业素养。功夫不负有心人，就在演出还有十分钟的时候，雨停了，并且，我们看到了彩虹。大家的心里只有一个执念：在台上认认真真表演，是我们最该做的。想起来一句话，不经历风雨怎能见彩虹？众望所归，我们的演出非常圆满。

虽然这一个月自己的身体一再出状况，膝盖的老伤因为徒步行军复发，牙套铁丝在吃饭时脱落，中途也想请假看病，可是主任一直在给我鼓劲、加油，后来仔细一想，革命的老前辈吃了那么多苦打下来的江山，我这点小事算什么，我不能掉队！于是也就克服了种种问题，一直坚持。

月圆其中晚会、从其中口再出发总结演出……这一场一场的演出让我们的综合素质得到了充分提高，主任的良苦用心我们逐渐体会到了，确实需要跨专业学习的训练，以后才能更好地适应部队，为将来铺平光明大道！

谢谢主任带我们出操，带我们去老营房，带我们去葫芦地，带我们看日月同辉！谢谢队长每天早上叫我们起床，吃饭，给我们讲不吃正餐的坏处，我们就像是一群孩子，队长还在孜孜不倦地教导我们，这些好，我们看在眼里记在心里！当我们演完，主任跟我们说话的时候，鼻子酸酸的，心里很不是滋味，感叹时光流逝之快，一个月就这么过去了，四年就要这么过去了，青春也就要这么过去了！脑海里只有一个念头，就是要珍惜时间，能在仅剩的时间里再多做点事！就像主任说的，肩上永远有责任！胸膛里永远有热情！

谁能走马出关看西风斜阳？谁能琴心剑胆笑世事苍凉？谁能青梅煮酒望落霞孤鹜？古今中外有多少文人才子出生于平淡，有多少风流人物隐居于山林，都是为了更好的创作，为了汲取更丰富的灵感，根往下扎，树往上长！其中口，一个遍地是黄金的地方，让心灵开花，把最好的年华留下，我们无怨无悔，永远不会忘记这里的点点滴滴。

其中口，我们从这里出发，我们还会回来！

感谢相遇，感恩所有！

实习心得——让心灵开花

孙妮娜 *

2018 年 9 月 3 日的夏天，对我来说是一个不同寻常的开学体验，我们从北京出发，开赴保定涞水县其中口部队，进行为期一个月的创作实习。这次创作实习给了我们一次从戎磨炼的机会，不仅让我们看到了基层连队过硬的硬件设施条件，体味到了基层官兵优良的纪律作风，也让我们熟悉了基层部队工作的基本情形，为此后在部队的学习和工作打下一个基础，迈出坚实的脚步。

我被分到红军九连，九连营区屋顶上"艰苦奋斗，建功军营"八个大字道出了全体官兵的雄心壮志和坚定信念。

刚来时因为环境艰苦，心里还有很多抵触情绪，经过慢慢调整，才开始适应了这里的生活方式。为期

---

* 作者为舞蹈专业学员。

一个月的实习时间说长不长说短不短，其中有许多人许多事都给我留下了深刻印象。

记得刚到营区是下午，来到了九连。连长和这里的官兵们都给了我一种平易近人的感觉，让我觉得很舒服。我们是以普通战士的身份，与战士们同吃同住，与战士们一起出操，一起练习，一起劳动，同时也深刻体味到战士们的辛劳。长这么大没去过猪圈的我，也体会到了喂小猪的麻烦与乐趣。

在这里我看到了老营房，听到了老营房的故事，青春和星星并肩闪耀，更是感叹老一辈战士对这儿的热爱！刚开始的几天，我们的主要工作就是打扫卫生，在干活中积极地与士官战士聊天，沟通交流，了解在这儿生活该注意些什么问题。更重要的是，我找到了自己与这些战士的差距，找到了自身的不足，战士们身上有许多值得我学习的地方，而且我也对自己有了正确的定位。后来慢慢进入创作阶段，每一个专业只有围绕自己的任务，扎根基层，寻找新的创作灵感，深入了解战士们的生活，才能呈现出更好的军旅作品。

作为一名文艺工作者，为兵服务是我们的职责。人生就是为了梦想和兴趣而展开的表演。青春年华有的人追求灯红酒绿，有的人追求纸醉金迷，而我却选择当一名军人。自穿上这身军装起，我就知道这绿色意味着什么——意味着拼搏，意味着奉献，意味着责任，意味着我将人生最美好的青春时光奉献给了部队，意味着在我的人生画卷上记下了无悔的誓言！

部队有着铁一般的纪律和严格的生活制度。在军营中，一切的平凡都是那么富有感情，一切的单调都充满了青春的色彩。军营造就了我们坚强的毅力，也给了我们施展才华、实现抱负的舞台。生命匆匆，我们没有时间去忧伤，去感叹。既然选择当一名军人，那就应该成为一名真正的军人。遇到困难不低头，面对利诱不动心，坚持真理不动摇。要知道我们披上的不只是军装，更是扛上了一种责任。

秋高气爽，其中口的秋天有些干燥，但这并不妨碍我喜欢秋天的一切——初秋温柔可人的风，深秋凛冽寒冷的雨，清晨的薄雾，傍晚的夕阳。落下的第一片叶尚且还余存着夏天的暑气，我站在秋风里，好像是感受到了生命的脉动，感受到了春去秋来的岁月轮回，感受到了活着的意义。或许活着，就是为了感受世界……在后面的这段时间里，我会珍惜这次下部队的时光，充实自己，完善自己，实习的日子还在继续，肩上的担子很重，扎实的专业文化知识是我们建功基层的催化剂，我会把握好自己人生的每一个黄金时间，让生命绽放，让心灵开花。

创作感悟谈

于舒菡 *

　　第三场演出刚刚结束，第四场晚会正在紧张有序地准备着。几天前，第三场节目单改了又改，原本以为很简单的事，没想到却有如此多的变动。节目单上改过十来遍，终于要定稿时，一位同学夜晚联系到了我。他问，可不可以在节目单上加上"编曲"呢？我印象中已经加过此处，赶忙打开节目单查看，发现"作曲""作词"两项已经写在节目单上了。于是我疑惑地问他，你的名字已经填在作曲上了。他回答，编曲和作曲是不一样的，编曲的难度更大。我立刻一想，才反应过来，认识到了事情的重要性。在与老师协调后，我把编曲与他的名字加在了节目单上。为此，我特意查看了百度词条对这两个词的专业解释。作曲，是创作音乐的行为，就是对素材进行整合、组

---

　　*　作者为文学专业学员。

122

装、创造性地安排与使用。而编曲，是指结合音乐制作的编配方式，它并非只是从乐器、音色搭配的角度为乐曲进行的编配，也不是单指用电脑及软硬件实现音响效果的制作。这位同学的做法，让我从中体会到了他的用心。自己制作的作品，希望完整地冠名，这是多么的专注。编曲的几日，他根据主旋律和他希望表现出来的作品风格，专门为这首音乐作品编写伴奏和声进行的过程，不知开动了多少脑筋。里面要用到哪些乐器，选用什么样的节奏，用什么样的色彩和弦，这是非常考验一个人的音乐功力的。

创作，从何等高度去认识和把握它，直接影响我们对艺术的认识水平。自己一个人苦心创作、经营的文艺作品，那作品就像自己的孩子，创作者会自然而然地萌生占有、保护它的念头。通过创作扩展文化视野与艺术想象力，开发个人造型情趣与审美倾向，这才能真正走上与自身艺术素养和语言积累相对接的创作道路。我们与编曲男孩不熟，他却主动前来帮我们卸、装行李，很是感动。他在实习报告中写到，有些东西不能溢于言表，只能藏在心中，成为一种别样的情感。他感谢身边的每一个人，自己一定会更加努力，创作出更多好的作品，回报展示给大家。我默默祝福他，在专业上可以加油，加油，再加油，再创佳绩，也想告诉他，他在感谢周边人的同时，我们也在悄悄关注他的举动，感谢他的努力，感谢他的心灵

123

艺术。

　　近来，我在看一本书，卡洛斯·鲁依斯·萨丰的《风之影》。书中开篇，是在二次世界大战后的巴塞罗那，达涅尔十一岁生日那天，父亲带他前往"遗忘书之墓"——这是一座专门收罗为世人所遗忘的各种书籍的图书馆。父亲说，总有一本书是属于你的。于是，达涅尔挑了胡利安·卡拉斯的小说《风之影》，并且深深为之着迷。此后，在各路好友提供的线索中，他开始寻找同一作者的其他作品。计划刚开始，他的生活中闯入一名长相恐怖的男人，自称"谷柏"，与《风之影》中的一个恶魔形象同名。这个男人，正四处寻找卡拉斯的所有著作，并欲将之焚毁殆尽，而达涅尔手中的这本《风之影》，很可能是最后一本。原本以为是一场单纯的文学寻根之旅，却牵扯出各样身世之谜。疑虑、惊险、谋杀，这本书是一场黑红色的盛大宴会，过往与现实故事交叉重叠，创作结构值得我认真学习。

　　第四场演出将作为9月实习结束的欢送场，与第三场的相同之处，是大多数作品皆为原创。人的头脑发热，想动脑，作品就出来了。上一场演出，有位同学为自己的作品投入了近万元费用，我既欣赏、理解，又为之吃惊。音乐、戏剧，在制作个人作品时，常常需要本人出钱制作作品，购买服装、道具等，且往往价格不菲。文学专业的创作便不需要金钱购买，一个人动动笔，文字到了，就是成品。有时候，看到一位戴着金耳环的年迈老人，一定有故事；看到一面屋墙上画着粉笔画，一定有故事；今早看见一树红色的果，小小、圆圆，像爱情中的少女，种下、浇水、红彤彤，透亮圆润，年轻、新鲜，亲一口就会炸开，也有故事。

排练保障间隙，我在排练场后的图书室里，阅读《读者》。许多优秀的文章，像一幅立体感很强的画，像一封哲理推送信，像一篇动人的睡前故事，像一首美妙的诗。前几日，我在其上看到一篇文章，是讲仕女图的。仕女图的创作，如何看出优劣高下呢？我一时没有答案。仕女图各有各的特色，如果要分出档次，究竟该如何考察呢？我一边思考，一边继续往下读。有三个档次：悦目、赏心、牵魂。悦目，养眼，有的美人，虽云鬓花颜，却美得呆滞、古板，只是画中的可人儿，浅薄轻飘，生不出与之亲昵的冲动。赏心的女子，不仅容颜姣好，还要通身散发温润的光泽。她是有温度的，并且她的心里盛满了芬芳心事。你会忍不住猜想她的来路，猜想她目光后面摇曳着怎样旖旎的故事。她的美，是立体的，由外而内，密致坚实，光阴亦难剥蚀。牵魂的画中女子，似人非人，分明是为了入众生之梦而生。她的美，具有高渗透性，足以映带左右，烛照人生。

创作是厉害的、优秀的。时间带得走人的青春，带得走人的容颜，但是创作水平，却会随着时间而沉淀。画作如此，文学、戏剧、音乐、舞蹈，也可适用。悦目的，赚走看众一个眼神；赏心的，赚走看众一串叹赏；牵魂的，赚走看众一世怀想，念念不忘，期待回响，牵挂肚肠。

彩　虹

孙子淇[*]

　　在大四这个新学期，9 月里深山生活这一个月，应该会是我大学四年里最难忘、最感动、最快乐的时光吧。说起来，刚听说开学就要下部队，我和大家一样都是很排斥的。为什么呢，下部队太阳晒，训练苦，一日生活乏味枯燥，睡睡醒醒浑浑噩噩的，还不如在学校上课。结果，大出所料，在这大山里的实习生活跟我们以前经历的完全不一样，几乎只用了两三天时间，我和所有同学一样，彻底爱上了这座大山，这个小山村，这个其中口。

　　开学典礼在报到后的第二天上午，下午我就不情不愿地开始打背包，收拾衣物为次日上山做准备。我们要去的地方叫其中口，听往届学姐说那是个贫困地区，什么物资都没有，倒是有一块大石碑上刻着"乐

_____

　　* 作者为音乐专业学员。

127

在其中"四个大字。听说这些,大家心里都七上八下的。徐主任和老师们要求大家去找创作灵感,体验生活。我们想,吃不好玩不好的还创什么作,找什么灵感呢,总之都是满腹牢骚地登上大巴车上路了。

一个小时,两个小时,两个半小时……我们的大巴车渐渐驶离市区、郊区、小县城……稳稳行驶的大巴车,开始爬盘山路了。我看到车窗外连绵起伏的山,竟然感受到空气里有些许不同于城市里的潮湿,仿佛山的绿意已经从大巴车门的缝隙里钻了进来,绿色在大巴车里生根发芽了。

其中口村 34 号,我们到了,下车有欢迎仪式,敲锣打鼓,鞭炮噼里啪啦好不热闹,山里空旷,炮声连天响,半天才静下来。总之,9 月 2 日这天下午,我总算来到其中口,那时心里一直想着,"乐在其中"到底是什么意思?

早上六点起来早操,队列训练四十分钟。这是观景的最好时候,云雾还挂在半山腰,张嘴就能喝到一样,满口鼻都是沁凉的青草芳香,感官在这四十分钟里彻底被洗涤干净了。在这里生活节奏很慢,吃早饭有难得充足的时间,吃完早饭晃晃悠悠回宿舍。

任务很快就布置下来了,是周三的下午,通知周五晚上就要演出,这么仓促没有准备的演出也是第一次,心里有些慌乱,毕竟将近两个月没碰过乐器了。周四早上吃完早饭,我就拿上笛子上山练习去了,走过一段小山路，来到了这片老营房。山顶不大，整整齐齐排列着七八幢平房，房子的白漆有些脱落了，窗户都是空着的，玻璃早就没了。房檐上杂草丛生，却也是整齐的。老营房是静谧的，只有风卷树木的声音，绿色铺盖着营房，赋予它别样的生机。我站在营房前，从第一扇窗户可以直通通看到最后一扇窗户，多整齐啊。在山风里，我仿佛听到老营区复活的声音，口号声、哨子声，在耳畔若隐若现。莫名地，我在这片废弃的老营房里，感受到勃勃生机，笛声响起来了，山风不绝，草木皆晃动，这座大山仿佛在听我练习呢。

其中口的第一个周末，徒步行军是最好的安排。山路难走，但大家一路上却有说有笑。这是我第一次真正进到山里，山野风光的美丽是我无法描述的，遍地鲜花小草，石壁青翠抑或光秃都格外动人，小小的瀑布随处可见，我的袜子和鞋子不久便被山泉水彻底浸湿了，凉意从脚底一直通到脑门，感觉只是把脚放在水里，感官就能泛出甜意。我们翻过一座座小山，看见云雾一点点散去，青山绿水慢慢清晰起来。山路太长，走了那么久，我早就没力气了，几乎是对大山的向往和崇拜支撑我继续前进，眼前的山水、花草、树木，都是我从没见过的鲜艳动人。我们用了一个上午和半个下午才结束这次徒步行军，那天实在是很累，但是那是身体上的疲惫，反倒是心里，想着要是腿脚不疼自己还能爬一个来回。其中口的风光实在无限好，我对这里的感情愈渐浓了，虽没有物质上的满足，但是精神上的充实是以往任何时刻都无法比拟的。

前两天我们举行了一次慰问演出，在其中口大戏台上，是雨过天晴后充满希望的一次演出。我们提前两天开始走台排练，只为演出当天能把最好的状态发挥出来。演出定在晚上六点半，我们四点多就到场开始准备，没想到五点多的时候，大雨毫无预兆地落下来了，当地人说山里雨下得时间短，一会儿就停，耽误不了演出。我们看着雨不停地下，一个小时快过去了竟丝毫没有停下的迹象，大家难免心思浮动。连徐主任也来动员大家，说就算下雨也要演，哪怕他一个人打伞在台下也要把演出进行下去。我听了深受感动，看到被雨水浇打的空无一人的观众席，不由想到"乐在其中"四个字，有点能体悟出它的含义了。六点二十五的时候，有人突然喊了一声，彩虹出来了！这应该是其中口给大家最好的礼物了，在这么紧迫的关头，老天戏弄大家一番，用一道虹桥结束了他的玩笑。离演出开始还有五分钟，虽然彩虹出来了，但小雨依然没停，台下依然没有观众，不过大家似乎都并不沮丧，无论是否能演出，这次雨中的等候是非常难忘的一次经历。快七点的时候，雨基本停了，观众也慢慢聚集过来。突然，我听到了孩子们的叽叽喳喳声，探头向台下一看，是将近百十个小朋友，整整齐齐穿着蓝白相间的校服，都搬着自己快要及腰的长腿板凳，睁着童真的眼睛看着台上的我们，见此情景，我突然对这次演出充满激情。八点半多，演出顺利结束，雨没有再下，潮湿的空气飘扬的都是小孩子的清脆的欢呼声，在雨后的山谷里回荡不止。

这天傍晚的彩虹，随着晚风，轻轻柔柔地吹到我心里了，我想今后的日子里，这道彩虹会一直留在我心里，照亮我所有的美好与希望。

实习总结

孙睿祺 *

在飞驰的大巴车上，我想象着野战部队的样子。这是一支怎样的部队，连续五年成为我们学院学员的部队实习基地？到达营区后，我发现这是一支反差强烈的部队：装备先进，战士们热情高涨；然而，营房基础设施简陋，生活条件艰苦。

最初一个星期和战士们一起训练。高强度的训练、高难度的科目让我身心俱疲，甚至一度情绪低落。我问战士们累不累，他们说这已经算是很轻松的了。那天晚上我想了很久，最终下定决心：珍惜实习机会，经受艰苦考验。

积极的训练态度就像是灿烂的阳光。我逐渐适应并喜欢上了基层部队的生活。而这支部队的光荣历史也在我的脑海里留下了不可磨灭的印记：新四军浙江

---

* 作者为戏剧专业学员。

纵队、沙家浜部队、淮海战役第一连、突破邵阳江连……这些荣誉称号使我对其产生了强烈的亲切感，似乎这个英雄的连队就是我的连队。

空闲时，我就和战士们聊天。问他们为什么入伍，有的说是为了体验军旅生活，不当兵后悔一辈子；有的说是为了找个出路；还有人说是家里人逼的……我问他们苦不苦累不累，他们说还好。我问了很多问题，也聊了很多事情。这是我第一次如此近距离地接近基层部队的战士，发现这些平凡的战士是如此可敬可爱。

实习的收获与感受

一、合格的思想政治素质

合格的思想政治素质是建功基层的前提条件。要想做好基层工作，就必须在思想上安心基层工作，要耐得住孤独寂寞。以我实习的中队为例，地理位置不是很好，附近没有繁华的城市，只有一个普通的小镇。中队的领导都在这里工作了很长时间，中队指导员更是在这个中队工作了七年之久！在同大蒲柴河中队的战士交流中，他们告诉了我一件让我感动的事情。虽然中队指导员的家就在大蒲柴河镇上，但是指导员很少回家，就连他的爱人生小孩的时候，指导员也只请了一天假，早上出去晚上就回来了！尽管以前也听说过类似的故事，但是当这种感人的事情就发生在身边的时候，我深深地体会到了军人的真正含义，感到基层干部的可敬，正是由于他们这种"舍小家、为大家"的牺牲奉献精神，才能建设出这样优秀的标兵中队。

二、过硬的军事素质

过硬的军事素质是建功基层的基本保证。在大蒲柴河中队，我看到了官兵们的军事素质考核成绩，中队干部的军事素质都非常优秀。在跟中队领导交流时，他们告诉我，在基层部队，自身素质过硬才能做好表率，只有什么事情都身先士卒，战士们才能服你，在战士们心里你才有地位有威信，中队的各项工作才能更好地开展。在实习中，我们也接触了森林部队的作战武器，如风力灭火机、风水灭火机等灭火器具，轻的都有几公斤，加上其他辅助装备，重量可达十几二十公斤。背上这么重的装备，在地形复杂的森林里进行灭火作战，这对体能是一种巨大的挑战。

三、拥有良好的管理组织能力

良好的管理组织能力是建功基层的基本条件。在基层中队，除了完成好上级赋予的各项任务外，主要要组织官兵进行执勤、训练和文化学习，这些工作都要与人打交道，要完成这些工作，良好的管理组织协调能力显得尤为重要。基层部队的战士可以分为三大群体：列兵、上等兵、士官，每个群体都有各自的特点，而且每个人出生成长的家庭环境和性格秉性都不一样，要管理好基层队伍，就要有良好的管理能力，根据每个群体的特点，采用不同的有效的管理方法，才能充分发挥战士们的主观能动性，为整个中队的建设出谋划策。

四、拥有扎实的文化知识

扎实的文化知识是我们建功基层的催化剂。我们国防生与军校学员的最大区别就在于我们拥有母校强大的师资力量和良好的学习环境，在一个开放广阔的学习平台上学到了更多更新的知识，广博的知识将是我们在基层部队建功立业的根本。通过这次实习，我感受到基层部队为我们发挥专业知识特长、施展自己的才华提供了广阔的空间。

五、拥有克服困难的勇气

克服困难的勇气是我们在基层做好每一项工作的基础。也许当我们毕业后到了基层，由一名大学生变为一名真正的军人，投身于部队的建设中时，我们会发现理想与现实的差距，可能会遇到来自方方面面的压力，可能会碰到许许多多的困难。因此，要想在基层部队干出成绩来，就必须拥有克服困难的勇气，树立建功基层的信心，与基层部队的官兵一起想办法，努力解决遇到的每一个困难。

胸膛里永远有激情

刘颜汶*

实习任务转眼间就过去了三分之二，这一阶段的任务紧紧围绕着"创作"两字进行。刚开始的时候，我们接到任务，要求舞蹈专业的学员，创作出三个全新的舞蹈作品。听到这个消息的时候，我们其实很无奈，因为时间很紧张，又是三个全新作品，多难啊！但是没办法，这是任务，我们必须迎难而上。

在和战士们一起生活的点点滴滴里，我们开始寻找素材。一天，营里的战士带我们去参观了他们平时学习训练的地方。刚走到门口，我便听见嘀嘀嗒嗒的按键声。走进去一看，战士们正在练习发电报。我们好奇极了，立刻围了上去。只见战士们把右手放在一个击打器上，不停地反复地敲打着，眼睛死死地盯着电脑，随着敲打声，电脑上出现了一连串的数字。战

---

* 作者为舞蹈专业学员。

士告诉我们，这是在训练发电报的速度。好奇心促使着我，想要亲自体验一下。一个男班长告诉我，他们通过击打的节律来分别代表1到9的数字。我试了一下，发现击打器按起来并不像看上去那么轻松，没敲几下我的手已经酸得不行。可这些战士为了训练，每天都会有成千上万次的击打，每个人的手指都长满了茧，并且因为长期使用右手击打，导致右手手臂几乎都会比左手手臂粗上那么一圈。走出训练机房，我一直沉浸在刚刚的场景中，毕竟这样的场景平常只在电视里见过。

在后期的创作中，我们便以发电报这样一个题材，创作出了第一个舞蹈《永不消逝的电波》。王统力借着"彩虹"之势，创作完成了独舞《彩虹从这里升起》。最后我们借助了夫妻哨的故事，重新创作了一版我们自己的《夫妻哨》。就这样，完成了任务。

正如主任所说：干好一件事，兴趣最重要。有了兴趣，遍地黄金，每一个生活细节都是素材，都能产生灵感。没有兴趣，哪怕部队天天都在战斗、每时每刻都有笔底波澜，你也会视而不见、两眼漆黑。

是的，只有有了兴趣，你才有一颗敏感的心，才有一双敏锐的眼睛。时间总是在不经意间流逝，这些天的生活我还历历在目。还记得主任出发前给我们布置的任务，目标是"五个一工程"：学会一门手艺，结交一个战友，采访一个典型，创作一个作品，撰写一篇体会。我们在不知不觉中，都一一完成了。这五件事情，已经不是任务也不是目标了，它们已经完全融入我们这一个月的实习生活中，承载了我们这一个月的美好回忆。这一个月的收获、悟出来的道理、学到的技巧、逼出来的能力，是过去在学校半年也达不到的。

眼看时间就这么过去了，我渐渐明白了主任为什么让我们来到这里，也更加深刻地体会到了"艺术源于生活"这句话。艺术可以是高于生活的，但绝对不能脱离生活。我们作为一名军队文艺工作者，需要脚踏实地进行创作。创作的灵感往往就在我们身边，我们只需要用眼睛去寻找，用身体去感受，用心灵去体会，让彩虹升起，让心灵开花。

三、习　作

其中的微笑

毛 雪*

每当秋风吹过，我都会想起郁达夫先生的那句话：秋天，无论在什么地方的秋天，总是好的；可是啊，北国的秋，却特别地来得清，来得静，来得悲凉。

此时我正幽居大山腹地，秋味浓浓，十五一过，更有一丝寒意升腾起来。然而，这一丝微寒，不是悲凉，其中口村，从不悲凉。

我是多么迷恋这里的清风朗月、植物芬芳。每晚，饭后独步，环顾四周，太行身影绵长，高大的白杨站得笔直，一如保持警觉的哨兵，守护着身旁的一草一木。仔细听，山风带来了缥缈的音乐，这轻轻、叮叮咚咚、泉水般的琴声，出自何人？

我知道是邢景华在弹钢琴，这个来自河南平顶山

---

* 作者为文学专业学员。

的女孩儿，向来如此勤奋，十六年来，她坚持在黑白键上耕耘，不曾间断。景华心思单纯，不急不躁，不卑不亢，别看她个头不高，气量却不小，平日里同学们拿景华寻开心，故意逗她，学她说河南话，"老邢，俺想尝尝你山沟的大西瓜"，"行啊，上俺家尝"，景华从来都是笑意盈盈，酒窝一登场，原本不大的眼睛可以立马眯成弯弯的月亮。同窗四年，我还没有见过她愁眉苦脸的样子。

还记得9月3日，我们四十五名师生从国防大学军事文化学院出发，踏上了创作实习路。当大巴车驶入营区，坐在我身后的景华兴奋不已，她激动地说："真好啊，你看那白房子，多亮堂。"大家又开她玩笑："老邢，是不是比你们村好啊？"景华很低调地回答："你说得真对，可比俺村儿好多了。"一路上欢声笑语，无不是因为景华，这个可爱的姑娘。老邢说得少、做得多，在经典音乐作品赏析会上，美声演唱、二胡独奏需要钢琴伴奏，景华毫不敷衍，绝不含糊，她尽心尽力地配合，一心一意地弹奏，不为掌声、不求回报，只是认认真真奏好每一个音符、每一篇乐章。与此同时，她也没有落下专业曲目的练习，晚会上，一曲李斯特的《钟》，赢得了满堂喝彩。你看，老邢修长的手指在琴键上飞快跳跃，有如神助，颇具演奏家的风范，可当她走下舞台，就又是邻家阿妹笑吟吟的模样，十分谦逊。假如不弹钢琴，景华就会无所事事吗？当然不是。那天，在筹备惠民文艺晚会时，老师说，钢琴的专业性太强，再加上露天舞台条件限制，这次演出不适合钢琴演奏。我本以为老邢会因此沮丧，闷闷不乐，她却乐乐呵呵地去参加了女声小合唱，歌曲间奏，她表演穿针引线，有板有眼、有模有样、落落大方。演出后，大家又逗景华开心："老邢，你是干啥都行嘞!"老邢笑得像一只小喜鹊："你净笑话俺，俺唱着玩儿嘞。"这个肯吃苦、爱拼搏爱笑的老邢，像一束阳光，照耀在我们身上，与她同行，阴霾散去，寒冷不再，我们在这里一起欢笑，一起成长。

如果说景华是一只勤劳的小蜜蜂，那么我还会联想到一头肯干的老黄牛，他就是全能型选手陈厚方。

厚方来自广东佛山，他话音中浓浓的粤语味道，令人着迷。难忘那一次徒步行军的途中，几位老班长聊起经典粤语歌曲，厚方说："班长你说，只要你听过的粤语老歌，我都会唱。""好，我爱听《光辉岁月》!"厚方手里拿着一把薄荷草当话筒，闭目进入情境，而后——"今天只有残留的躯壳，迎接光辉岁月，风雨中抱紧自由；一生经过彷徨的挣扎，自信可改变未来，问谁又能做到!"于是，掌声雷动，感谢我们的粤语王子，歌神厚方! 厚方不仅能唱，而且能写。他在老营房前写，在拉练中写，在彩虹下写，他时常拿着一个很小的便笺，夹一支笔，若有所思地写着。很多时候，他还会分享自己的创作过程。"你看这句，我想象自己是一个年轻人，看见军旗飘扬，一支部队从山坳经过，我的心情……"然而这不是全部，厚方还担任了音响设备的负责人，剪辑音乐、调试画筒，厚方忙前忙后，没有半点空闲。同学们问他："累吗 Fangson，你就像一头耕地的老黄牛。"厚方总是笑得阳光明媚："不累，这有什么累，我觉得很有意义，说真的，我很喜欢这里。"是啊，我们都很喜欢这里，这个充满欢笑和友爱的地方。转眼间，实习生活就进入了倒计时，我的不舍也随之与日俱增，就要离开这块充满灵气的土地了，我问自己，我能记住所有的微笑吗？

　　如果害怕记忆流逝，那么我就记录在这里，小龙——那个在舞台上热情洋溢跳街舞的男孩，也有着无比灿烂的笑容。初次见到小龙，是在热气腾腾的蒸锅前，我在帮厨，他在蒸馒头。炊事班的老班长站在一旁，指点和面的力道，揉面的手法，小龙一直微微笑着。我问："你怎么那么开心？"小龙笑了："我觉得很有意思，我师傅很好玩。"我看小龙的面相还是稚气未脱的大男孩，最多十七八岁，就问他："小龙，你怎么没去上大学呢？"他两手白面，隔着热腾腾的水汽，笑呵呵地说："我考上大学了，但是没有去上，我爸爸说，我要先当兵，改掉身上的坏毛病。"换完了蒸屉，小龙又笑着对我说："我本来是学报务，后

144

来去学维修线路，前两个月炊事班缺人，没人过来，我就来了。"小龙有些不好意思："可是，我们连里好像把我忘记了，没有人提起我回去的事，嘿嘿，不过我现在跟着师傅学蒸馒头，也挺好的。"小龙总是笑得很甜，我看着他，就像看着自己的弟弟。那天帮厨时，小龙对我说："我的梦想是考你们学院，我喜欢舞蹈，一直都在跳街舞，可是我们单位没有收到招生的通知。"说到这里，小龙有些难过，但脸上还是挂着笑容，他的眼睛里像是有星星。"你就是那个跳街舞的小战士吧？徐主任找你找得好苦啊！"我问。小龙点点头，对我说了其他的缘由。原来小龙就是去年在师兄师姐们实习总结晚会上大秀舞技的那位！兜兜转转，他从九连来到了炊事班，而后又与我们重逢，再次登上了舞台。主任和老师们称赞小龙："小伙子，跳得真好！"他的喜悦和幸福洋溢在脸上，如同窗外的向日葵。

回想起来，这二十多天里，是一个个微笑，编织成了无数的奇妙，创造出了无限的美好。其中口村，就像是一个忘忧谷，人在其中，各得其乐。

同样的那句话，我一定还会回来的。

未完待续……

其中随想

徐一笛 *

刚刚来到其中口时，我的内心是拒绝的。

山回路转，九曲回肠，虽然平时很少见山，看得多了，只觉得头昏眼花。在山的肠道里，人的肠道却变得格外脆弱，越往山的深处走，风景越荒凉，我的心也越凉，我不禁怀疑接下来的一个月将要等待我们的是什么。

和其他的山景不同，一路上随着山势连绵不绝，还有贴在山上的标语，它们基本只有两种内容——"有黑扫黑，无黑除恶，扫黑除恶，坚决铲除'黑后台'"和"禁种罂粟，铲除毒害"，这些标语用简短严肃的神情注视着我，我在它们的注视里感觉自己似乎来到了一个不得了的地方，同时，我也忘记了自己的家乡就是保定，我产生了一种疑惑，这里和我所熟

知的那个保定真是一个地方吗?

答案是肯定的，道路旁一个京东快递的站点回答了我。

这是我对其中口最初的记忆，山峦叠嶂，少人烟，峰回路转，多荒凉。

我们就像一颗颗种子，就这样莫名其妙地、惊慌失措地被播撒到这座大山深处，在这个叫作其中口的地方，更多的是内心的惶恐不安，我问自己："在这里，能有什么创作呢?"

老营房是第一滴甘甜的滋润，主任在老营房给我们上课，风很大，树叶沙沙响，响声有时像雷一样，但丝毫不影响大家的热情。主任给我们讲怎么创作，用他几十年老兵的经验和创作经历做引，这种现地教学启发是学院所没有的，我想起了小时候看过的一本书《窗边的小豆豆》，书里面的学校是用电车改装的，去野外散步都是上课的内容，一度是我认为最理想的教育模式，然而在其中口，徐主任的老营房，让我们听着山的声音、风的声音和他的声音，真是乐在其中。

紧接着第二天戏剧系的郭震老师就找文学专业的学生开会，他第一句话就说："我始终觉得戏剧和文学是不分家的。"

后来，音乐专业的栾凯老师也找到我们说，写歌词也需要文学专业出力。再后来，李队长也找到我

147

们，说在这里实习的新闻稿需要文学系来挥笔。

曾几何时啊，我们成为这样抢手的"香饽饽"。说句实在话，在学院的时候，虽然我们合并为创演系，但大家创作还是相互独立，各学各的，除了每天四次的集合，很少有机会能让系与系在专业上交融碰撞。所以在这里，我们文学系五个女孩要感谢主任把文学系推上了其中口的"风口浪尖"，让如此默默无闻的我们第一次真正参与到演出活动中，虽然这之中的我们，或多或少有些不适应，有些局促，但是这也是成长的必修课，是鹰隼学会飞翔的第一次展翅。

二十里盘桓的山路是第一丝启迪的阳光，本以为我们所在的部队就已经是大山深处，但当我们另外又跨越二十多公里的险峻山路，才发现什么叫山外有山，天外有天。那天中午，我们大家就地坐在山道上，唱歌跳舞，吃带来的干粮，比我看的任何一场晚会都精彩，比我在北京点的任何一次外卖都美味……

一次次的排练、演出使我们心灵开花。在其中口，我们一共举行了三次演出，所有的节目都是大家的原创作品，歌声铿锵、舞姿悠扬、笔饱墨酣，思想碰撞产生精神灵光，各个专业发挥自己的特长，也真正感受了部队生活。

写到这里，我想说，一直以来我都是没有什么存在感的人，别人为我安排什么工作我就做什么工作，可能在某些方面会让人产生不积极的印象，但是对于学文学的人来说，内向与外向最终不都是要转换成内在动力去挥笔写作吗？所以，我只要把我自己该做的工作做好就可以了。

最后一场晚会时，主任走过来对我说，你该做字幕，感觉你都没有做什么事。但我知道，这不是事实。

我也从这个地方得到了收获，来这里的第一周我发了新闻稿回学员队，《老营房》的初稿是我和同学一同完成的，虽然最后改得只剩下我写的一首诗。但我也参与了创作，尝试着写了一次不成功的歌词，还准备了强军故事会（虽然最后故事会取消了）……所有的所有，都是这里给我的收获，是我的财富。虽然主任说有些人是满载而归，我知道我并不是那些满载而归人中的一员。可是，人，背好自己的行囊，带好最适合自己分量的干粮上路，就应该心满意足。遗憾吗？有遗憾，遗憾自己很多的努力都没有得到应有的收效，可是遗憾，也是其中口给我上的一课，意义非凡的一课。

然而最大的遗憾，就是千里马有五匹，伯乐只有一个。

文学专业的队伍很单薄，舞蹈专业的姑娘在台上个个摇曳生姿，大放异彩，音乐专业的姑娘就用嘹亮的歌喉展现她们的风采，如果学文学的人没有思想和笔，那就是学文的人，就是没有灵魂的学文的人，啃书本的人。我坐在离观众席和舞台都有一段距离的角落，看着屏幕上的名字，等着按下那一次键盘，我知道我的手，不应该仅仅就是为了按下这一次鼠标，它本来就是一双不一般的、骄傲的手，它是有思想的手，绝不是一双做字幕就可以满足的手。

我从鼠标出发，可我不认为我的起点在这里，这只是我沿途的一处。如果能听见文学系其他姑娘的心声，就会明白这种无奈与苦涩，笔尖的活泼带来一颗敏感的心，有人说，我们好像是最没用的人。那这个人一定没有试过给我们一支笔。

再次感谢主任和各位老师让我们大学生涯的最后一次下部队变得意义非凡。这里的山，这里的水，这里低矮的老营房、阳光明媚的会议室以及优秀的食堂将变成我们永不磨灭的记忆。

群山传唱的电波

刘子贤*

太行山里藏着一座小小的军营，那里的战士们立志要当红军总部台的传人。

从车水马龙的北京到杳无人烟的深山，只用四个小时。白云在行走，盘山公路蜿蜒而上，攀进深山，山村破落无人，一瞬好像跨过大半个世纪的距离，先进与落后、富裕与贫困，一下子全展示在我的眼前，深度贫困的山区历经数十年应该也改变很多，也许唯一未变的是盘旋在天空中的无线电波。

在这座大山深处的军营里，我们向后出发十公里是没有信号的深山，勉强压平的山路边，只有一条小溪潺潺绵绵，我猜想这条小溪也许就是拒马河的源头。红军总部台的后来人就扎根在太行山深处，他们被囿于一方小小的电台桌上，却可以最先听到来自世

---

*　作者为文学专业学员。

151

界各方的声音，这里人少地狭，却为中央传达指挥千军万马的号令。

红军总部台，应该从红军的第一部无线电台说起。第五次反"围剿"失败后，红军被迫进行战略转移，踏上漫漫征途。在长征路上，一切都是未知的危险和困境，前方的无人区有瘴气毒虫，后方有国民党日夜的追缴袭扰，头顶上有敌人的飞机轰炸扫射，脚下是随时会陷落其中的险滩沼泽。伤病、饥饿、缺医少药……已经夺走太多战士的生命，但是他们仍坚定地搀扶前行。在长征队伍中，这支部队承担着党中央"耳目"的角色，这就是通信部队，是敌人千方百计想要打击、俘获的目标，正因如此他们有一个残酷的工作守则："人在密码在，人亡密码亡。"

1930 年 12 月，蒋介石对红军的第一次反"围剿"失败，在龙岗战斗中红军缴获了一个会"听"、会"说话"的铁盒子，然而长征中的红军几乎没人认得这是件多么重要的"武器"，因此任性一摔，零件散落一地，这部电台就成了一部"哑盒子"，只能听音而不能发声，尽管如此，有这半部电台，红军就能收听敌人的情报和国民党新闻，后来红军在龙岗战斗获胜后乘胜追击，在宁都战斗中再次缴获一部电台，这部电台被完好无损地上交到红军总部。1931 年 1 月中旬，红军就用仅有的"一部半电台"组建了红军第一支"无线电队"，这也是红军总部台的前身。

红军组建"无线电队"是非常机密的，"一部半电台"一直交给红军特务连管理。由于国民党尚不知道红军已经有无线电台，所以敌人在无线电通信中基本上没有采用保密措施，敌人的一切军事行动都被红军了如指掌。红军有了自己的无线电台后，大大减少了伤亡人数。红军特务连把电台看得比自己的生命还重要。漫漫路途中，红军走过无人险境时，一部沉重的无线电台相等于许多个生命的重量。在散文《扛电台过夹金山》中，就有这样令人痛心的回忆：

夜里两点钟部队又出发了，我们必须在上午十二点钟以前翻过山去，我们知道：到了下午山上气候就会变，就有暴风和龙卷风，风会把雪卷起来结成霉球，霉球有碗那么大，从空中落下来会把人砸死，即使没有霉球，暴风雪也会把人埋掉。我们队里的同志，抬起沉重的机器摸索着前进，树林里一堆堆的篝火在我们的身后一闪一闪地发着光。

黎明时，我们才走了十里路，距山顶还有二十多里，我们从山上向下看，云彩在我们的脚下，白茫茫的像一片海洋，我们沿着前面部队开辟的路，从这个山头爬上那个山头。部队的行列像根大链子似的向前流动着，路旁的石头上到处贴着鼓动标语。

太阳从东山露出头来，我们已进入常年积雪的地带了。雪很深，一不小心就要陷进去，山越来越难爬了，总觉得气不够喘似的，胸口像有块大石头压着一样的沉重，头发涨，不知怎的，腿肚子也像刀扎一样的痛，身上疲乏极了，可又不敢停下来休息，一停下来手脚会冻得失去知觉。大家吃一点辣子，不吭声，迈着沉重的步子继续一步一步向上爬。能看到路的两旁躺着不少死难者的遗体，有的陷在雪里，有的坐在雪上，各种各样的姿势，一些战马也倒在雪上死了。这样的情况下，就是空手爬山都不一定爬得上，何况我们还要抬着笨重的机器呢？突然，我们队里有几个运输员倒了下去，从他们的嘴里流出紫色的血来。我眼见一个身体很结实的小伙子，只在雪地上一坐，鼻子里流出血来，就那样死了。机器抬不走了，死亡在威胁着我们。三排长实在支持不住了，收报机从他肩上掉下来，机务员上前抢着抬，三排长不肯放手，喘息着说："不要紧……只要还有一口气，机器就不能离开我，去照顾别的同志……"我上去把收报机接过来，鼓励大家说："我们一定要把机器

154

抬过去，机器是中央的耳目！"在这艰难的时刻，生死的关头，同志们真是坚强！他们咬着牙向上爬，没有一个说话的。罗队长紧紧地拉着马尾巴，脸上又黄又青，他是在死亡中挣扎着前进。

　　每一位通信兵战士都将电台视如珍宝。随着电台发挥的作用越来越大，红军也在上海秘密组建无线电人员培训班。当时苏联的无线电侦破和保密技术非常先进，红军向苏联求助组建无线电培训班事宜，得到了苏联共产党的支持。有了苏共的支持，中共秘密培训出来的无线电人比国民党的无线电人才更加优秀。中共在上海培训出来的电信人才源源不断地被输送到红军部队中。

　　红军为躲避国民党的围剿，电信人员把主要精力放在"破译敌人密码"上，因而每一次都能巧妙地化解蒋介石的阴谋。红军电信员是通过严格考核和选拔出来的优秀红军战士，他们每天背着沉重的无线电台行军，视无线电收发机如生命。

　　红军长征途中，中央红军与其他部队尽量错开时间行军。如果中央军在白天行军，那么留下另一支红军在夜里行军。这支夜里行军部队的电信员就肩负起截取敌人电台信号的任务。如果一支红军夜里行军，白天行军的红军部队电信员就负责夜里截收敌人的电台信号。利用这种错开时间的行军方式，虽然各红军部队相隔千里，但仍然能保持接力式的相互配合，毫无遗漏地截收敌人的全部电报。

电信员是红军行军路上的"眼睛"和"耳朵"，他们虚心好学，刻苦钻研。在长征途中，除了大名鼎鼎的曾希圣这样的电信人才外，还有红一方面军王诤，红四方面军宋佩夫、王子钢等许多位电信英雄。红军电信员有着严格的保密制度，他们宁可牺牲也不会向敌人泄露半点信息，并且时刻做好为革命献身的准备。1935年1月，红十军团在怀玉山战役中不幸失败后，电信员把电台和机要文件全部烧毁，然后从容就义。在大风大雨下行军，红军电信员栉风沐雨，宁愿自己淋湿，也不让无线电收发机沾到半点雨水。他们个个都是身手了得的年轻战士，万一作战失利面临着被俘，红军电信员所做的第一件事就是毁掉发报机，烧毁密码，然后与敌人同归于尽。他们用年轻的生命履行这条残酷的规则："人在密码在，人亡密码亡。"

《保护密码安全》中就对激烈战斗下销毁密码的行动有充分叙述：

在敌人"拉网式"合围和凶猛的火力攻势下，警卫部队冲散了，只剩下我们六个非战斗人员在一起。过去，我们总是在首长身边，工作的地方安全隐蔽。而今天，落到了敌人的包围圈里，而且还随身携带着全支队的密码。我们深知，将面临的是一场严峻的考验。

当我们接近旧城附近的一个村庄时，敌人的包围圈已越缩越小。万分危急的时刻，我们几乎同时在想："密码怎么办？""绝不能让密码落入敌人之手！"按规定，危急情况下，请示首长后，立即销毁。而此时此刻，已找不到首长。"怎么办？""烧还是不烧？"时间不允许我们再犹豫了。党小组组长李俊谭大声说："大家说怎么办？"我们异口同声："烧！"大家扔掉身上的背包、物品，把密码紧紧抱在胸前。我们怕在平地焚烧，烟火暴露目标，便快步跑到村东一座垣墙脚下。李俊谭吩咐两人到垣墙外放哨，我们四人拿出密码，扯的扯，撕的撕，三下五除二，几包密码一时间成了一堆废纸。我们又索性砸破小煤油瓶，把煤油淋在密码上，"呼"的一声，火点着了。火光映在一张张焦急的脸上，一颗颗紧缩的心急剧地跳动着。

"敌人上来了！"墙外放哨的同志用嘶哑的嗓子喊道。我们急忙抬头望去，只见敌人正朝村东疯狂扑来。可是密码还没烧尽，怎么办？决不能让敌人得到片纸只字！李俊谭命令道："捧着跑！"我们一个个捧着没有烧尽的密码，飞快地朝村西跑去。人在奔跑，手中的火星在纷飞，没有烧尽的纸借着风势又复燃了……我们感觉捧的是一种比生命更宝贵的东西，双手火辣辣的，却已感觉不到烫灼的疼痛。跑出不远，只见村边有一个厕所，李俊谭急中生智："扔到厕所里！"我们立即把手中的灰烬和残纸扔进厕所，拿起木棍，飞快地搅呀，捣呀！大粪的臭气，敌人的枪声，我们全然顾不上。直到灰烬都消失得无影无踪，我们才感到如释重负，脸上露出了微笑，心里充满无比的快慰。

钻出厕所，只见凶恶的敌人离我们更近了。奔跑中，李俊谭做出了化整为零、分散突围的决定。我由于拉肚子、体力差，李俊谭主动与我结成一组。我俩跑到村西南角时，看到电台的报务主任吴绍南同志与敌遭遇。为了不使电台落入敌手，他背着电台，拉响了手榴弹，"轰"的一声，电台炸毁了。吴绍南同志献出了自己的生命。烈士的壮举，给了我们极大的力量：机要人员，决不能落入敌手当俘虏！在任何情况下，都要保住党的机密，保障作战指挥是我们的神圣职责。我们一定要活着冲出去，找到首长，找到部队。

我和李俊谭冒着敌人的枪弹、炮火，冲进烟雾尘埃之中。为了避开敌人，我们一会儿快速奔跑，一会儿匍匐前进。敌人的大炮封锁、机枪扫射、骑兵堵截没有挡住我们，我们终于找到了兄弟部队新三旅。韩先楚旅长深知我们归队心切，便立即派人与我们部队联系。几经周折，我们回到了自己的部队。

见到支队首长，就像失去亲人的孩子重新回到了母亲的怀抱，我们的心情是多么不平静啊！看着眼前一张张熟悉亲切的脸庞，抑制不住的泪水夺眶而出。我们将焚烧密码的经过和分组突围的情况一一向首长做了汇报。司令员赵承金关切地说："我们最担心的就是你们机要人员和密码的安全，我们第一批派人出去寻找的就是你们机要组。"接着何善远政委语气沉重而又坚定地说："这次我们机关脱离了部队，算是鸡蛋碰到了碌碡上。但同志们都表现得很勇敢，特别是你们机要人员在非常情况下，对密码作了妥善处置，保证了党的机密的安全，你们没有辜负党的培养和希望!"

我们知道，支队的密码通信联络已经中断几天了，首长和同志们的心情都是火烧火燎的。我们顾不得休息，马上采取一切应急措施，想尽办法，抢制密码。我和李俊谭两人经过几小时的连续奋战，与军区和各团的密码通信联络终于沟通了。红色电波带着上级的指示、命令，又重新出现在冀鲁豫平原上空。

看完许多关于通信兵的故事后，我突然想起在通信部队服役的哥哥曾告诉我，超短电波台需要精准的反应力和快速的判断力，在训练一个译电员时，有4000多组密码组合，译电员需要将其全部烂熟于心，而为了保密需要，密码组合会常常变换，译电员所背的内容就需要常常更新，稍有不慎就容易出错，所以每每在工作岗位上时，他的精神都保持着高度紧张，生怕出现疏忽造成传达错误。和平时代的通信兵尚且如此，战争年代的通信兵战士前后传送的多是绝密级命令，如若发生错误就会造成不可挽回的后果。

《绝密电漏抄前后》就讲述了一位女译电员如何挽回一个重大失误的事情：

根据当时收报一律实行二人校对制的规

定，我便将誊正的电报交徐科长审阅。徐科长念我平时工作认真细致不会抄错，又因是特级电报，时不我待，没审看就叫送给纵队首长。几小时后，司令部就传出了首长的紧急指示。纵队所辖各师和直属部队应命而动，很快整装完毕，等候首长命令。就在这千军万马即将大举赴阵的时候，多谋善断、久经沙场的纵队司令员吴克华同志感到很蹊跷。他在屋里踱来踱去，暗暗思忖："敌人为什么来得这么突然？是情报不确实，还是电报有误译？"他立即叫来徐科长，问道："你们的电报是不是有译误？"徐科长接过电报一看，惊异地说："哎呀，电报抄错了。"他马上一查对，果然漏抄了一行，其电文是："上述情况属谍悉，仅供参考。"既然是仅供参考的情报，就不能作为立即执行的依据。要不是吴司令员于千钧一发之际做出明智的判断，部队一旦出动，就将暴露整个锦州作战意图，影响辽沈战役的会战，其后果是难以想象的。

徐科长从吴司令员那里回来后，神情极为严肃，厉声对我说："吴司令员发火了，他问是谁搞错的，要枪毙！"我一听事情这么严重一下子惊呆了，在这之前，总部曾发来一份在纵队首长监督下科长亲译的绝密电报。这是根据党中央、毛主席的战略部署制订的整个东北野战军的作战计划。电报明确规定："谁泄露电报内容，要就地枪毙。"我感到吴司令员的话不是随便说的。科长没有审查有一定责任，而主要责任还是在我。从问题的性质上看，是应该枪毙的，我也死而无怨。可一想到它的后果，我就不寒而栗。

　　事情发生后，纵队机要科鉴于没给部队带来严重后果，免予对我的军纪处分。而根据当时现实斗争的需要，进行了认真的思想教育。在徐科长的组织下，全军机要人员开展了以译电工作无差错为主要内容的立功创模运动。徐科长列举了中外机要史上许多因一字一码之误导致大错的典型事例。特别讲述了本纵队机要科有个女译电员于1946年因工作疏忽，把"敌军"译成"我军"，使深入敌后的一百多名连以上干部根据这份错译的电报行动时，被敌人包围，全部被俘、大部壮烈牺牲的惨痛教训。还组织大家学习了党中央对机要工作者的重要指示和周恩来副主席关于机要译电工作的教导，告诫大家要把一字一码与战争的胜败，与革命事业的发展紧密地联系起来。使大家深刻认识到：

机密、迅速、准确地译出电报，是一个机要工作者的天职。立功创模运动迅速在全军机要人员中开展起来了。

不久，我四纵随东北野战军主力进驻锦州外围和塔山一带。我部的任务是在塔山构筑防御工事，阻击从关内向锦州增援的敌军，以保证我军主力部队围歼锦州之敌。只有锦州守敌被歼，东北境内之敌才能成为瓮中之鳖。而敌人也明白，只有攻破塔山，才能解救锦州之危。因此，蒋介石从南京飞抵沈阳，亲自督战。10 月 10 日，关内敌人海陆空联合向塔山阵地发起了轮番攻击，设在塔山以北一个山头上的纵队指挥部突然忙碌起来，党中央、毛主席和东北野战军总部以及各兄弟部队的电报像雪片一样飞进指挥部，从天亮到天黑，又从天黑到天亮，万分火急的电报一个接一个。在这最紧张的时刻，我们纵队四名译电员牢记那次的沉痛教训，一丝不苟、全神贯注地工作。虽然已三天三夜没合眼，困了就用冷水冲头，甚至自打耳光忘我地坚守岗位。直到全歼锦州守敌，党中央、毛主席发来给塔山阻击部队的嘉奖令，我们才缓了一口气。战后，在纵直机关总结评比中，我们科的全体同志由于准

确及时地完成了密码通信任务，保证了纵队
首长的顺利指挥，受到了纵队首长的表彰，
我也在塔山阻击战前后，因连续三个多月发
报没错一码，收报无错一字，而荣立了一次
大功。

太行山深处，有一架先进的收发信号机器耸立在
山崖边上，这里的战士悉心维护它，如同照顾一个孩
子。20 世纪 60 年代，这片营区还是杂草丛生的山坡，
来到这里的先辈在最靠山的平坡上建起一排排新营
房，时过境迁，新营房变成老营房，平整的屋顶如今
也缺砖少瓦得厉害，老战士们站岗的山崖边上架起全
世界最先进的信号机器，而年老的无线电波仍在太行
山上空盘旋，一段段看不见的电波也许正在另一个时
空相遇，嘀嗒嘀嗒，喃喃细语。

自信创造精彩

赵英东[*]

2018 年初秋，对于我来说是一个不同寻常的秋天。我们从北京出发，历时近 5 个小时来到了这个坐落在大山怀抱里的小乡村——其中口，开始了长达一个月的实习任务。这一次实习，给了我从戎磨炼的机会，不仅让我看到了基层部队过硬的军事训练素质和优良的纪律作风，还熟悉了基层部队的基本情况，为将来毕业投入基层工作做准备。

我被分到了钢八连，连区门口写着"建设素质全面过硬标杆连队"几个字，走进正门，右侧墙面上写着连训：在八连的行列里永远是第一，在八连的字典里只能是奋进。字里行间道出了全体官兵的雄心壮志和坚定决心。

在营区的生活已经过半，时间虽短，可其中有许

---

[*] 作者为音乐专业学员。

165

多人许多事给我留下了深刻印象。记得刚来的第一天，我们几个"混世小魔王"分到了一起，彼此纷纷谈论着这里的一砖一瓦、一草一木。这时来了一位班长，大家潜意识地停止了话题，看向这位班长。不错，就是这位和我们一起生活的班长付遇，中等个头、中等颜值、高等品格、高等素质。当晚熄灯的时候，班长独自一人帮我们收拾了行李箱，甚至还帮我们把鞋子全都摆放好。我从未见到过这样的班长，顿时拉近了彼此之间的距离。有一次排练得较晚，当回到宿舍的时候，发现被子已经铺开。我问谁弄的，班长说我弄的，我看你们排练那么晚很辛苦，就提前给你们弄好，回来可以直接睡。我的天哪！当时我来了一句："班长，就怕我将来娶了媳妇，可能也没有你那么贴心。"大家群笑之。那一刻，我感觉付班长身上有些雷锋精神，每天笑容满面，对生活乐观，对战友则是无私奉献，这个战友这个朋友我小赵交定了。

第二天去菜园干活。穿过"葫芦长廊"便到了菜地，大家眼前一亮。新鲜劲儿催发了大家的干劲儿，纷纷搞起锹弄起耙，在一二三四、一二三四的欢声笑语中干了起来。

随着时间的推进，在后面的生活中，也迎来了我们专业的历练。首先搞了场经典音乐会，大家纷纷参与，整个舞台设计音响调动，都是我们同学自己动手。后来在村里搞了一场慰问百姓的演出，这个演出真是让人印象够深刻的。在村里的大舞台，像电影里唱戏的那种台子，我还是第一次见。夜色渐渐压下来，演出的时间也渐渐逼近。此时，忽然来了一位"不速之客"——雨滴一点点地滴落下来，刹那间，大雨哗哗"砸"在你的脸上，大家纷纷吵吵闹闹，演不了了……还能演吗？演给谁看啊……七嘴八舌各说不一。就在演出即将开始之际，雨突然变小了，天空出现了大彩虹而且是双彩虹的奇观，伴随着彩虹渐渐散去，雨水也停了，仿佛被彩虹的美吸引走了，到这里我心里有了想法，这是巧合吗？真不可思议，好像上天给我们开了个小玩笑，然后又送给我们一场惊喜。让我深深感受到这里大自然的灵气，无形中关注着你。我们认真的排练，我们辛勤的付出，它都看在了眼里。所以令人想起那句话，阳光总在风雨后。

军校四年，说长也短，说短也长。丰富的知识将是我们在部队在社会生存的基础。经过这为期过半的实习经历，我感到部队给一些擅长专业知识的文化干部提供了一个非常好的舞台。所以我们要努力把握在学校里学习的时间，熟练掌握自己专业知识的同时，还要一专多能全方面了解别的知识，在工作中大显身手。知识不怕多，就怕你没有。

在后面这段时间里，我会珍惜每一刻时光，去感受每一个瞬间。充实自己，完善自己，打破自己，为将来的自己做准备。年轻没有失败，自信创造精彩！

有问有答

陈　茜*

　　清晨，主任打头阵，我们踏着霜露一同出操。这是在其中口的最后一次早操。与9月4日那天早操一样，人数最齐、精神振奋，可我们的心情却迥然不同，当时的心情是懵懂的、兴奋的、期待的；此刻，我们心中揣着两个字，一个我们似乎还不愿说出来的词——不舍。

　　6点，日与月一同挂在天上，些许阳光普照在山峦的顶峰上，渐渐地向山腰洒落。这个特别的秋天，我们身在其中，有太多的故事值得我们铭记，也有太多的故事未完待续。主任说，只要仔细地去品味生活，任何小事都会变得有意义。回忆起这次实习，有些故事就那样，深深烙印在我们的脑海里。四次汇报演出让我们更明确了军旅文艺的方向；长途行军二十

---

　　* 作者为音乐专业学员。

里让我们深深感叹太行之峻伟、行军之不易，更体会了浓浓的战友情；那场雨后的彩虹在我们的脑海里尤为清晰，时刻提醒着我永不言败；山脚下整齐有序的老营房又有多少战友情待人追寻；那铭记在战士心中的口号——"肩膀上永远有责任，眼睛里永远有挑战"，让我明白军人的职责比山高，军人的眼里没有放弃！

主任总爱问我们这群孩子这个问题："想想你们自己在实习集体中担当什么角色？"如果要回答主任的问题，我想我在这个大集体中，虽不是干活最多的，也不是写字最多的，但我是从不缺席的。出操，我从不赖床；干活，我从不偷懒；演出，我勇敢打头阵。穿上这身军装，我虽不是最耀眼的，但我愿意做为别人搭把手的人，我愿意做那个个子不高却有着满满力量的女孩。其中口，它教会了我沉淀，教会了我默默奉献。我想，回到学校的我也会像现在一样坚定的，因为我的心是定的。面对风雨，我心有彩虹；面对困境，我心有刀锋；面对平淡，我心有信念；面对挫折，我心有力量。

天大亮了，阳光普照大地，昨夜风雨过后，天是那样的晴，阳光是那样的暖。真的要和其中口说再见了，明年这时我们已经褪去了稚嫩离开校园成为一名军人了，而实习的脚步不会停止，它定会延续下去，因为它是一种力量，教会我们成长，使我们坚强。

不舍，这两个字在我心底油然而生。这个名叫"其中口"的小镇，这个战支分队，这里的大黄与九只小狗崽，老营盘的故事……这一切的一切都为我们的毕业季添上了浓墨重彩的一笔。我想，明天告别时，主任一定还会再说他那句老话：我们还会再回来的！

实习总结

李洁玲*

　　到部队实习，是每一个军校学员在校期间都必不可少的一个关键环节。实习可以让大家更清楚地了解部队生活，为毕业任职打基础。这是我们第四次下部队实习，也是最后一次、最深入人心的一次。

　　其中口是一个神奇的地方。在这里，我们体会到了当地居民的质朴与当地山水的灵气；在这里，我们见到了美丽的彩虹与山间耀眼的霞光；在这里，我们初步融入了部队，领悟到作为一名军校学员，乃至一名军官应有的觉悟，也感受到了部队文艺创作的精髓，毫不夸张地说：我的心灵在这里绽开了花。

　　初到其中口时，映入我眼帘的是一个贫瘠的小村庄。据带队的首长们说，这儿是一个扶贫点。扶贫？我心想，完了完了，这个月可要怎么过啊！唉，熬一

_____

　　* 作者为音乐专业学员。

171

天是一天吧。我的这种情绪并没有持续多久，作为一名资深吃货，在第一顿晚餐开始的时候就烟消云散了，"伙食简直太好了！"我不禁感叹道。没错，自这个时候开始，我便满心欢喜地投入到为期一个月的实习生活中。

第一周，我们与这里的战士实行了真正的五同：同吃、同住、同训练、同劳动、同娱乐，学习了这里的通信技能，认识了这里的许多战士。从第二周起，音乐专业学员开始投入了紧张的排练。我从来没有过如此的紧迫感，从选节目到排节目，再到审查，然后演出，整个过程不过三天的时间，可是我们却完成了一台出色的经典音乐会，这对我们来说实属是一次大的挑战。这一次，我懂得了一个道理，没有什么做不到的事情，只有用不用心的问题。2015级音乐专业的同学们从大一的时候就在商讨着想开一台年级专场音乐会，三年了，计划一直落空，谁能想到，居然在其中口实现了期盼已久的心愿。

前些天的中秋是个团圆的日子，我们集体为其中口的战士们精心准备了一台中秋晚会，演出非常成功。我也在这一次的演出中突破了自己，重新认识了自己。唱歌姑且不谈，因为这本就是我的专业，可是，我从来没有想过有朝一日会在舞台上弹奏起我只学过一点点皮毛的古筝，甚至会打起我从未摸过的非洲鼓，这对我来说真的很不容易。当我看见同学给我录的民乐合奏的视频时，我震惊了，这个弹琴敲鼓的人是我？是的，《彩云追月》一曲飘过，我成长了，我向着成为一专多能的全能型文艺干部的目标，迈进了难能可贵的一大步。

一个月的实习接近尾声，其中口这座小小山冈留下了我美好真切的记忆，不管是老营盘的往事，还是从心里生出的那一抹绚烂的彩虹，抑或是心底绽放的那一束鲜花，这一切的美好意象，都在我的生命里深深地扎下了根。从一开始的不情不愿，到临别时的留恋，一个月能做什么？我们做了太多太多，经历了这一生中从未经历的，感受了普通人一辈子不曾感受过的。酸甜苦辣，皆在心中。不言而喻，那都是只有自己才能触碰得到的成长。就像徐主任带我们来之前说的那般，我们要在这儿让心灵开花，我们做到了，在这里学到的，正是部队未来文艺工作者所必须明白与具备的，而我们，就是后备军。

再见了小山冈，再见了老营房，再见了可爱的战友，还有我喜爱的食堂。我们会将其中口精神传扬到祖国的四面八方，接过军人应有的职责，用我们的力量，去守护祖国的每一寸土地。

小小其中，我在其中

张钊源 *

小小其中，我在其中，干在其中，学在其中，苦在其中，乐在其中。位于太行山下神秘村庄的神秘土地，9 月 3 日我们来到这里，打开了神秘，在这片土地上，灌溉了一片园地，种出心灵的花朵，画上了绚烂的彩虹。

这个地方，从开始到今天，也算我们这段旅程的全过程了，收获很多，学到很多，感触很多。

我第一次看到全体战友们集体的笑容，就像一张集体照。那是我们来到这儿的第一次演出——《实习汇报音乐专场》晚会。那一天，我选择了演唱《我们不一样》这首歌，战友们跟着一起唱，其乐融融。

我看到了天空的微笑，那是彩虹，弯弯的、美美

* 作者为音乐专业学员。

的，而且，还是两道，像是天空的开怀大笑，那是我们来到这里的第二场演出，即全迷彩惠民文艺晚会。这是一次有意义的神奇演出，老天跟我们开了个玩笑，非要在演出前下场大雨，还以为演不了了呢，主任的出现，坚定了我们的信念。主任说，等下去，如果雨依然下，我们也照演不误。等到了最后一刻，终于，奇迹发生了，雨停了，天空挂起两道彩虹。这笑容般的彩虹，我认为是老天对我们的考验。而我们都是好样的，验收合格，大家都笑了，很开心，跟彩虹合了影。晚会上，我依然演唱《我们不一样》。彩虹，是我们心灵的彩虹，那场雨，是心灵的雨，我们播撒的花种，因为那场雨，得到了灌溉，心将开出艳丽的花朵。

这两场演出，给我很大感触，很感动，我唱了两次《我们不一样》。为什么呢？我觉得，当我们穿上军装，我们和以前的自己就不一样了，跟身边的人和普通老百姓就不一样了，我们身肩重担，我们要有所担当；其次，不一样的我们，五湖四海会聚其中，我们成为一家人，我们是兄弟，我们是姐妹，我们有着同样的目标，那就是保家卫国，守护这片土地，守卫和平。这就是我选择这首歌的意义所在。

这也是我第四次在军营过中秋节，参与中秋晚会。主任开始布置作业和任务时，要求要出原创作

175

品，这也是我们来到其中口的一项大作业，为此，我拟写了很多曲子，但是，我更欣赏主任写的《老营盘》，写得实在意义非凡，因此我放下了自己写的东西，跟随主任的步伐，由主任作词，我作曲，完成了原创作品《老营盘》。为创作这首歌曲，主任特意带我们走了趟老营房。在群山环抱中，排排营房传统陈旧，与都市的高楼大厦不可比拟。但这是过往时代的标志，其中承载着厚重的历史内容，是一种精神的象征……主任的讲述令我陷入深深的思索当中，一些若明若暗、时隐时现的旋律在脑海中回荡，包括阳光映照下的花草树木、山村特有的景致都那样韵味十足，饱含诗意。我竟然有几分沉醉，感触良多，回去立即着手创作，很快谱好了曲子。正所谓艺术源于生活，生活是取之不尽用之不竭的源泉。终于，通过师生共同努力，我们完成了中秋晚会。看到战友们的笑容，听到战友们的掌声，也得到了领导和老师的认可，我觉得，这就是一次成功。那天晚上，每位同学都发挥得淋漓尽致，大家都很开心，那朵花儿，开得很灿烂。

最后一项大任务，也就是实习总结报告晚会。短短时间，新旧节目搭配，老师们同学们紧张排练，精益求精，发挥了不怕苦不怕累的精神。让我最有感触的就是最后一个节目：《绽放的青春》。因为，那是我们的集体节目，大家都上了，那个场面，特别感动。这些也是来到其中口的四项大任务吧，圆满完成了，真开心。

同学中给我印象最深的是我的室友，也是好兄弟，陈厚方。他是个特别努力、特别肯干的好同学，作为老乡，我俩私底下很好，我们经常互相请教互相帮助，工作学习外，还一起玩游戏呢。至于其中口战友里面，印象最深的，就是我们连的一位战友，噢，对了，我是十连的，我们可是硬骨头十连，我们的口号是：锤炼硬骨头，永葆先进性。是不是特别帅？哈哈，说重点！我的这位战友，他叫陈建东，是两年义务兵。我记得，刚来到这，他就经常来找我玩儿，互相请教，给我印象很深的就是，我的衣服面临要洗的时候，他看见了，非常主动，帮助我，教我如何用他们的洗衣机，我不是不会用洗衣机，是因为他们洗衣机有故障，不好操作，比较麻烦，他非常耐心地帮助我，并且还借我洗衣液。就这样，从这件事开始，我俩经常往来，打闹，还谈心，非常好的友谊，这份战友情，我要好好珍惜。

来到其中，活在其中，乐在其中。令我感动的不仅是这趟旅行，我更喜欢我们的同学、我们的集体，更加爱这身军装，而且结交了新的朋友，还有了新的创作，思想上有了新的认识和提高。本来嘛，人生就是要不断地认识世界，不断地追寻，不断地学习进步。其中口的生活是短暂的，就如同那突现的彩虹，转瞬即逝，但其中口的生活又是难忘的，富有意义的。彩虹变幻，遥不可及，而这段旅程给我们的却是真切的实实在在的收获。

部队实习心得体会

胡涵木 *

　　时光飞逝，转眼在保定其中口通信部队某部九连创作实习的日子已经过去一半，但是在这里度过的每一天都深深地留在了我的记忆里。

　　九连荣誉室，记载了这支连队走过的 40 多年的风雨历程。该连队有着沉甸甸的荣誉，多人由士兵直接提干，许多人还成为中高级领导干部。部队负责传达中央的命令到全国各地，保密系数很高。虽身处群山环绕之中，环境优美，但物资供应运输却很不方便。我们来时，路上开车就走了六个小时左右。刚入营区，印象不错，一下车就受到这里战士的热烈欢迎。营区中，绿草、花卉、树木依次分布，依山而建的营房非常漂亮，格外气派，战士们整齐响亮的口号声在大山中回荡，也令我们精神振奋，激情洋溢。然

---

* 作者为音乐专业学员。

179

而一到宿舍，傻眼了！破旧的小屋，四个人住，放着两个上下床，只有一张桌子、一把椅子。集体卫生间里虽然干净，水龙头却流出了红锈的水，热水炉也只是停留在 60℃—70℃。班长不好意思地冲我们笑笑说，这里条件比较艰苦，水比较珍贵，而且由于水压过低，烧不到沸点，且洗澡在另一栋楼上，所以只有两个浴头能用。虽然之前学校领导已经给我们打过预防针了，但真正看到上述情形，我们还是被深深地震撼了。这里管理非常严格，工作时间也很长，二十四小时值岗，每天上午都有上夜班的战士补觉。虽然条件艰苦，但该连的文化设施却一点也没落下，棋牌室、阅览室、学习室、健身房等一应俱全，这既是营区建设的需要，也是愉悦身心、提高部队全面素质的必备条件。

能在这样优秀的部队创作实习，荣幸之至。抱着虚心向战士们学习的态度，我们深入基层和战士们同吃同住，一起出操，一起训练，一起劳动，全面体验战士们的生活，深刻体会到战士们的辛苦。每天提前起床整理内务，认真擦拭每一块地板每一扇窗户，把每一项工作每一个安排，都一丝不苟地完成。我们还寻找每一个机会，虚心向连队领导请教，向他们学习管理连队的宝贵经验；同时，我们积极与战士们沟通交流，寻找自身的不足，学习他们的优点。

实习中，我们被安排了二十多公里的徒步行军，深入大山，体会战士们的艰苦，观察沿途的风土人情，积累素材，创作接地气的作品，以做到为兵服务。

主要收获与感受：

1. 合格的思想政治素质

要想做好基层工作，首先必须安下心来，在基层工作，要耐得住孤独寂寞。以我实习的连队为例，身处群山之中，附近没有城市，只有一个贫困的村子，几个连队领导都在这里扎根了很长的时间，就是这个道理。

2. 过硬的军事素质

连队干部的军事素质和专业素质都非常优秀。在跟连队领导交流时，他们告诉我，在基层部队，自身素质过硬是为表率，只有什么事情都身先士卒，战士们方能服你，你在战士们心里才有威信，连队的各项工作才能更好地开展。

3. 拥有良好的管理组织能力

在基层连队，除完成好上级要求的各项任务外，主要要组织官兵进行训练和文化学习。这些工作都要与人打交道，要完成这些工作，良好的管理组织协调能力显得尤为重要。要充分发挥战士们的主观能动性，为整个连队的建设出谋划策。

4. 拥有扎实的文化知识

我感受到基层部队为我们发挥专业知识特长、施展才华提供了广阔的空间。只要我们熟练掌握所学的专业知识，并在实际工作中加以灵活应用，就一定能在部队这个大舞台上展现身手，有所作为。

下一步努力的方向：

通过这次实习，我们看到了自身的优势，更发现了自己的劣势与不足，清楚了下一步需要努力的方向：调整好心态，做好到基层工作的心理准备；抓紧时间强化军人基本素质；加强学习，补充各种所需知识。

最后要感谢领导首长给我们提供这次宝贵的实习机会，虽然时间短暂，但却是我们军旅生涯中的一笔宝贵的财富。今后当以此为新的起点，以更高的标准、更严的要求约束自己，在最后这段时间里，认真学习，刻苦训练，努力提高自身素质和各种能力，为下部队奠定扎实的基础，不辜负学校领导、老师四年来为我们付出的心血和所寄托的希望。

实习感悟

许馨元[*]

今年的 9 月是别样的，因为它是我大学生涯中最后一个实习机会。在其中口这个地方更有着不同寻常的三十天。不知不觉，实习已进入第二个阶段。在这三十天中，我们学到了许多，成长了许多，也成熟了许多，更发现了许多。但是，经过这二十天的当兵锻炼，我更是深深体会到我们未来的路还很长，军营的路并不平坦，而我们现在需要做的就是提高我们自身的素质，为踏入军营做好准备，铺好路。

此次部队实习可以说受益颇多。去之前心里是既害怕又憧憬，毕竟部队不同于其他地方，但却又热切地盼望快点到军营，对于我们从未真正体验过基层军营生活的人来说，好奇之心在所难免。在部队的这些天，上到连长、指导员，下到班长、战士，从他们身

＊ 作者为音乐专业学员。

上我们看到了部队真实的情形，学到了一些带兵的方法，还有团结、紧张、严肃、活泼的作风。相比部队"90后"的士兵们，我们稚嫩了许多，有很多的不足。首当其冲就是内务。到了部队看了各位班长的被子，又看了连队士兵们的内务，一向自恃被子叠得还可以、内务整理还行的我真是无地自容，学校到底不比部队，差距竟如此明显。正如一位同学说的那样，部队官兵们的被子就像是用刀切过的一样，而我们的内务与被子像什么？简直可以用糟糕来形容。另外就是军事素质，包括体能和队列。队列中，就那些看似简单的队列动作，平时在学校的训练，都没有太在意做动作的节奏以及一些细节方面的问题，从而导致有时做出的动作是那么别扭，而实习生活中仅有的几次体能训练，单杠、双杠、俯卧撑让我们体能不行的事实暴露无遗，只能说是天壤之别。这就是我们平时不严格要求自己的结果，但要改变它，非一日之功。以后的生活中我们必须严格要求自己，长期努力。

事实证明，要想在基层部队建功立业，我们从此刻起就要努力提高自己的素质。

首先是合格的思想政治素质，这是基层工作的基本条件。部队里官兵必须耐得住寂寞。也许你一年也出不了几次营门，可能一两年也回不了家，不能跟家人团聚，但要知道当兵就要讲奉献、讲牺牲。

其次要有过硬的军事技能。在基层连队任职，要想让自己有威信，要想让别人服你、心甘情愿听你的指挥，就必须要有过硬的军事素质。

最后要有好的身体素质。"身体是革命的本钱。"有了好的体能素质，到了部队才能更好地带动下属；有了好的身体素质，才能确保我们以后能更好地在基层部队工作。

通过这次实习，我看清了自己的优势和劣势，明确了下一步努力的方向，同时也对基层部队有了一定的了解，也为今后到连队工作进行了心理上的准备。作为文化学院的一员，我们有着更好的校园文化环境和更加宽阔的学习平台，因此，我们能够取百家所长，学习更多的知识。然而只有这点是远远不够的，想要使自己的军旅路途走得更远，就要在各个方面努力，全面提高自己的素质才行。

艺术来源于生活，同学们在这里体验着、观察着、想象着、创作着……我们各专业用自己所学的技能和知识，编排出了一个又一个"有血有肉"的故事。每一场演出都凝聚着同学和老师们的汗水及心血。经常白天进入排练场，而结束出来时星星已铺满了天空。也许，每个演出并不是那么的完美，但它却是从我们自己手中一点点诞生的，可以说，意义非凡。

实习使我们感到肩上的责任很重，我们只有抓紧现有的时间，努力学习，练就过硬的本领，全面提高自身素质，以便为将来下部队基层工作打下坚实的基础，成功地迈上军旅生涯，更好地实现军旅梦想。

我在其中

汪　泉[*]

今天是在其中口的最后一天，总觉得时间过得很快，感觉就像是我们第一天刚来的时候。

我依旧记得下车时看见周围环绕着威武的山，还有蔚蓝的天空、飘浮的白云，以及不时飞过的小鸟，总之，这里的一切都是那样的美好，那样的动人。

我依旧记得第一次为民演出，突然下起倾盆大雨，人心惶惶，不知所措，结果是老天给我们出的难题，最后又给了我们意外的惊喜，造就了我们后来的灵感源泉——彩虹。

我依旧记得主任多次提过的老营房。老营房夜晚的星空，老营房授课时的狂风，老营房一排排的房屋，老营房里的绿草及鲜花，老营房里陈旧的回忆，那也是我们后来的创作念想，得益于前辈们留给我们

的灵感和希冀。

我依旧记得这里的一切。

我看到这里的每一个人都是那么质朴、纯真，充满能量，她们把青春奉献给深山部队，却无怨无悔，恪尽职守，从此她们的青春变得不一样。

我听到营区里夜晚的风声，就像小时候在乡下奶奶家听见过的一样，那是长大后再也听不见的天籁之音。我听见练习室里嘀嘀嗒嗒的练习声音，脑海中不禁浮现出那一张张专注的脸，她们用双手在为这个国家奉献自己的力量。

总感觉在这里的每一天都是那么神奇，就像回到了童年的时候，这或许是以后再也体验不到的日子了。这里就像是一个被大山笼罩着的世外桃源，尽管这话未免夸张，但是却让人心变得美好，地方虽偏远，但是却阻止不了它独特的魅力，随着清风，随着白云，去向任何地方。

其中口，一个让人流连忘返的地方。

身在其中，方知其乐

于嘉欣 *

2018 年 9 月 3 日的这一天我们穿上军装背好行囊一同登车前往此次实习地点。一路上山路崎岖，蜿蜒曲折，我们沿着山路盘旋而上，最终于下午 5 点一刻到达了这个名叫"其中口"的地方。

还没来这儿之前就听主任讲过，这是一个能够激发创作灵感的地方，这里曾是他创作的源泉。当时的我脑海中就在想：那这儿一定是个山清水秀的地方吧！但当我第一眼见到它的时候就被眼前的情形惊呆了——这里并没有那些所谓的"大好河山"，呈现在眼前的就只有"四面环山"，微风中甚至还夹杂着几丝凉气。我对这里的排斥感霎时涌上心头，未来的一个月我将怎样度过？除了服从没有任何办法，所有的

---

* 作者为舞蹈专业学员。

一切就这样开始了……慢慢地，我开始去适应这里的生活，服从这里的一切安排。还记得刚到这里的那个夜晚，天上的星星格外地多，也格外地亮，仿佛离我很近。当时心想，如果每天都有这样的景致不也蛮好吗？原来的忧虑释然于怀，甚至心里自我安慰道：此次我们前来实习的目的不就是创作吗？所谓创作就是返璞归真，事物只有回归其最本质的一面才会呈现出最真诚的含义……这也为我们最后精彩的实习汇报埋下了伏笔。

　　来到其中口的这一个月里，我们参与了野外二十多公里的徒步拉练，一路上我们和战友们团结协作互励互助，最后一起勇攀高峰。后来我们还在主任的带领下去了老营房，一同去感受发生在它身上的那些过去的故事。那一刻，历史的一幕幕都重现在了我们眼前……这些都为我们的创作增加了不少原型素材，我们各个专业的学员聚集在一起创造了十余个作品，音乐专业的来表演舞蹈了，舞蹈专业的去演戏了，大家在一起互相交融，场面热烈感人，其乐融融。

　　写到这里突然不知接下来该写些什么了，因为要讲的太多，太多的人太多的事不是三言两语可以表达的。想起刚来时自己满心拒绝的情形到现在却转变成了满心的不舍，虽然由拒绝到不舍仅仅两字之差，可其中经历了怎样的变化，融入了多少情感，都不可尽

190

数。人都是到了临别时才是感性的，或许，到了那时，我也不会像主任那样地高喊：我还会回来的！或许这个地方我这辈子都不会再回来了……我不敢对这里做出承诺，但我知道我仍旧会记住这里的一切，记住这个四面环山叫作其中口的地方，记住这里和蔼可亲的村民们，记住这里最善良纯朴的战友们那一张张可爱的面孔，记住这里后山上有着悠久历史的老营房，记住这里老营房的下面住着一群刚刚出生的"军犬"，不要忘了，它们从小就要学会为部队站岗……这，或许就是为期一个月的实习生活带给我的收获吧。真的只有身在其中，才知其乐；只有从真正意义上"享受"这里的每一天，才会从中找到乐趣吧！可现实往往是，当你开始"享受"眼前的一切时，离别的号角却也悄然吹响，你没有了选择。就让我把在其中口的这一个月中所想要表达的千言万语最后都化作一声感谢吧，这段经历终将使我成长……

现在是 2018 年 9 月 26 日，距离实习结束还有不到 24 小时的时间。回顾 27 天来发生的点点滴滴，一切都是那样清晰，仿佛就在昨天……终于要结束了，难道不是应该高兴才对吗，为什么此刻的我竟有些哽咽了？我不擅长道别，每一次的道别都会夹杂着泪水，此刻的我也想深深地说一句未完待续，就像那句歌词曾说的："要让青春追着光，要让青春不一样，拼搏的时光更绚丽，时光里会有一个崭新的天地"一样，实习生活面临尾声，但并不代表结束。这只是个起点，一个全新的起点，从其中口再出发，不管未来有多难，都是可以克服的。我会永远记住这个你，这个名叫"其中口"的地方……

离别很难，但却相逢有期

庞　雪*

实习到今天已经结束了，这二十多天虽然是一个短暂的过程，但是，这个短暂的时间却非常重要。其间我学到了很多在学校学不到的东西，也认识到了自己很多的不足，受益匪浅。

实习给了我一次从戎磨炼的机会，不仅让我看到了基层连队过硬的硬件设施条件，让我体会到了基层官兵优良的纪律作风，也深刻熟悉了基层部队工作的基本情形，这，对我而言不吝为一件幸事。对作为学生的我们而言，可以使每一个人有更多的机会尝试不同的专业，扮演不同的角色，发现自己还未能发现的潜力，为以后进入部队奠定良好的基础，也为自我成长丰富了阅历。

作为一名学生，我想学习的目的并不是只在于通

---

* 作者为舞蹈专业学员。

193

过结业考试，而是通过实践机会来获取更多的知识，获取更多技能、经验。或是说，在学校学习是为了能够适应部队的需要，以确保适应将来部队的需要，为我们的部队做出贡献。

刚来其中口时，徐贵祥主任说："我们的目标任务非常具体，在部队学会一门手艺，结识一个师傅，带出一个徒弟，采访一个典型，创作一个作品。"一个月的时间过去了，我们和连队的官兵水乳交融，一起生活，一起拉练，一起巡线，一起组织文艺晚会，每一件事都是有意义的。9月7日，来到其中口第五天，准确讲应该是第四天，音乐专业的同学们就给全营的战友们带来了一场"音乐经典精品晚会"，这是我第一次这么近距离地与战士们接触，在台下我看到他们每一个人都是那么的认真，对我们更是一种鼓舞与激励。9月8日，全营组织进行了全程25公里的野外拉练，我们既激动又兴奋，看着蓝天白云心里特别的温暖，仿佛它能赶走所有的阴霾。

9月11日，在结束"全迷彩创作实习惠民文艺晚会"后，大家都放弃休息时间，马上就进入到接下来的"中秋晚会"的创作中。当传达任务时说"作品要原创、双人舞和群舞"，心情一下紧张起来，忐忑不安，因为我们还都没有正式地接触过双人舞，短时间内创作出一部新剧目谈何容易？创作的过程中会遇到许多问题，解决这些问题，需要时间，得调整、再调整呀!

　　刚开始都心中没数，没有头绪，徐主任要求舞蹈来一个"夫妻哨"，可这个东西对于我们来说既熟悉又陌生，刚排练时我真有点蒙，只是单纯地做着动作，不太懂"夫妻哨"的含义。佳园老师就开导说，"你要想你在等你的丈夫回家，现在已经很晚了，平时都是这个点回来，现在他还没有回来，想象他工作的不易、环境的艰苦，对他的爱、关怀、理解等"。

　　经过反复排练，自己过后又搜索资料加以琢磨，慢慢明白了其中的奥妙。在这偏远之地，四周无人烟，缺少繁华，却不缺少对职责使命的激情；这里生活有些寂寞，看似单调，却不缺少家的温暖、幸福；这里，是一名军人的职责，却驻守着一对夫妻；这里，是哨所，却，也是家……

　　"脑子里永远有任务，眼睛里永远有挑战，肩膀上永远有责任，胸膛里永远有激情。"这里有葫芦架，这里有嘀嗒嘀嗒的电报声，这里有老营房，这里是一代又一代官兵的根，这里孕育出红色基因。

　　这些经历以后不会再有，不再有在岩壁上的我们，不再有手携手的 25 公里，不再有雨过天晴的大戏台，不再有不畏条件艰苦排练的篮球场，不再有地处太行深处的夫妻哨，不再有那样的彩虹。

　　离别很难，但却相逢有期。在以后的生活中，还

会与不同的美景相遇，然而其中口注定是我所见过的
最美的地方，这里的每一幅画面、每一个故事都是一
粒种子，播撒在心田，落地生根，开出心灵之花。

四、小　语

我学到了……

陈厚方[*]

1. 我学到了如何修水管，也告诉了我其实自己什么都能干。

2. 我学到了如何搞好一台晚会，也告诉了我做好一件事情需要全身心的投入。

3. 我学到了如何和战友们打成一片，也告诉了我要学会珍惜身边的每一个人。

4. 我学到了如何坚定自己的理想信念，也告诉了我一定要坚信自己能行，不能放弃。

5. 我学到了如何处理自己的人际关系，也告诉了我要掌握好与人沟通交流的技巧。

6. 我学到了如何做好一件小事，也告诉了我再小的事也要反复琢磨反复思考。

7. 我学到了如何做一个优秀的人，也告诉了我多

---

* 作者为音乐专业学员。

干点活没什么，做得越多收获也能越多。

8. 我学到了如何走好创作的路，也告诉了我身边的每一个人都是老师，在学习提高专业技能的同时要学会用心感受生活中的一切。

心　虹

李洁玲[*]

　　9月11日的下午6时许，刚刚下过一场倾盆大雨。忽而祥云踏过，大气水滴仿佛是在朝圣一般涌入云彩之中，丝缕日光穿过，天空绽放出七色光彩，众人皆呼：看！彩虹！

　　这天，是一个特别的日子。同学们紧张地排练了好些天，终于到了展现的时候，可谁也没料到，老天爷会给我们开这么一个玩笑——就在演出前的一个多小时，下雨了！这是一场室外的演出，是给其中口村的父老乡亲们看的演出，是一场真正走入基层传递正能量的演出，可是，却因为大雨面临着取消。开演前的半个小时，就在大家都以为演不成的失望之际，雨，停了。

　　停了雨的天空是那么的宁静清澈，任何一粒尘埃

------

[*] 作者为音乐专业学员。

在我们的眼里都成了一种罪恶，刹那间，七彩光芒从云中轻柔划过，照亮了带着雨的气息的天空，也照亮了我们的心。这可是老天给我们的嘉奖？沉到谷底的我们的心，就像被一双温暖的手拽了出来，让人瞬间充斥着无限的动力。那晚的演出非常成功，同学们比以往的登台表演更加地用心，也更加地打动人心。老天爷啊，的确是在眷顾着我们，眷顾着其中口的每一个人、每一颗心。他用这种玩笑一般的方式，滋润着我们的心灵，心中的花儿在这一刻，盛开了！

那是一道彩虹，是水滴折射光芒而成的虹；亦是一道心虹，是光芒照亮心灵的那道虹。其中口的每时每刻，其实都是如彩虹一般绚烂的，我们体验到了未曾体验的，收获到了未曾收获的。在这里丝丝缕缕、点点滴滴，都深深烙印在了我们的心上，也使得我们心中的那朵花儿，开得越发的美丽动人。

乐在其中，乐在其中口，在这里，我找到了属于我的那道虹。

乐在其中

贾悦星 *

　　让我永远无法忘记的就是惠民演出的那一天：那一天的阳光；那一天的大雨；还有，那一天的彩虹。是啊，老天爷给我们开了个天大的玩笑。6点半演出，6点钟开始下起了倾盆大雨，雨势很猛烈，到了6点20分也没有要停的迹象。但是同学们、老师们没有一个人抱怨和放弃，都按兵不动地等待，因为，我们不愿放弃这一次宝贵的演出体验。就在这时，奇迹发生了。雨渐渐停了，一道巨大的彩虹出现在了天边，出现在了每个人的心中。那一刻美妙的画面将永远铭刻在我记忆的深处。最后，演出虽然推迟了一点，但也顺利完成了。观众们异常的热情，仿佛不曾被这场突如其来的大雨影响到，我们也被他们的热情所感染，更是使出了浑身解数卖力表演。

---

　　* 作者为音乐专业学员。

讲不完的故事还在继续，因为我们还要在这个淳朴自然的地方继续体验和生活。我们愿意和主任一起，将这份乐观、这份情感投注在我们的专业和创作中，以实际行动拿出优秀的原创作品。

实习小语

孙千雅*

　　这次实习，收获是非常多的，不仅让我了解了部队，更了解了基层部队的生活，为以后进入部队做好思想准备。在与军官士官的接触中，认识到要拥有克服困难的勇气，当我们毕业到了基层，由一名大学生变为一名真正的军人，投身于部队的建设中时，可能会遇到来自方方面面的压力，会碰到许许多多的困难。因此，要想在基层部队干出成绩来，就必须拥有克服困难的勇气，努力解决遇到的每一个困难。同时，要拥有良好的组织管理能力，在部队，主要是与人打交道，要完成工作，良好的组织管理协调能力显得尤为重要。部队战士、列兵、士官都有各自的特点，要根据每个群体的特点，采取不同的有效的管理方法，才能使战士发挥他们的主观能动性，为整个部

* 作者为音乐专业学员。

205

队的文艺事业做贡献。经过本次创作实习，我清楚地认识了自己，了解了下一步还需要努力的方向。在离我们毕业就剩不到一年的时间里，要抓紧每一分钟，来强化自身的军人素质，提高自身的专业能力，增强自己的组织管理能力。还要加强学习，补充各种所需知识，以便胜任自己的岗位。最后调整好心态，甘于吃苦，乐于吃苦，勇于奉献，做好到基层中工作的心理准备，树立建功基层的信心。

两 种 星

邢景华 *

天空高挂数不尽的星
地上长满数不完的星
咦？我分不清这两种星
天空高挂的星
或许是水中的倒影
可是　它会被打碎
也可能被乌云所遮挡
地上长满的星
或许是美丽的路灯
可是　它会被熄灭
也会因故障而变得漆黑
而我来到了这里
其中口的小村庄

---

* 作者为音乐专业学员。

这里的一切都开始变得不一样
天空高挂的星
是首长们明确指示的方向
是教员们兢兢业业的鞭策
是学员们刻苦努力的闪亮
地上长满的星
是深山老营房前的课堂
是微雨期待后的彩虹
是电波信息通向的四面八方
在这里
这些耀眼的星
不会被岁月掩埋
不会被没入历史的洪荒
因为它们都凝聚着一股力量
一股发光发热的力量
或许村庄外还有更多的星
可在我的心中
早就有了属于我的
真正的星

其中有感

赵英东*

这里的山高，高入云端。
这里的沟深，深不见底。
这里的地远，浩瀚无边。
这——就是其中口，
高大的其中口，深远的其中口！

这里的人美，美得清纯。
这里的人勤，勤起五更。
这里的人执着，爱的初心不变。
我爱你，其中口。
我爱你，其中口的人们。
我愿意留在这里，更愿将自己的一颗心
永远和你们绑在一起，死死地……

_____

＊ 作者为音乐专业学员。

午间杂记

孙子淇 *

　　由于这个部队特殊的专业性，密码、信号、电波这些词语总在我们创作间隙的闲谈里穿梭，渐渐地，其中口在我心中的印象也不再只是单纯的美了，无影无形的光电信号给它披上了一层神秘的薄纱，看向蓝天的时候不光只有蓝天，还有看不见数不清的信息带着难解的密码闪电般射向祖国各地；连绵的山峰也不简单，它们是一座座信号塔，紧张地搜寻着空气里传播的秘密信号。特别是夜幕降临后，其中口的上空会显得格外神秘，我总想，这时候若我有一副可以探测信号的眼镜，那么肯定可以看到这天上密布的信号网，还有无数道拖着尾巴的银色信号在闪烁，它应该比流星雨更美，更美。

---

　　* 作者为音乐专业学员。

实习体会

赵浩有*

　　将来我们到了任何的工作单位，如果只是艺术上的一专多能也还不全面，我觉得不仅要上台能演，自己也要学会策划、组织、设备、写稿子等这些幕后工作，才能更好地做好工作。其实每个人都知道，幕后工作是整台晚会的重中之重，如果没有强有力的保障，也绝不可能有成功的舞台呈现。我担任了这次晚会的话筒保障，这虽然是一件小事，但也是一个非常细致、需要时刻保持清晰思路和逻辑条理的活。台前和幕后这两种工作，大概就对应了平时常说的一句话，叫作"上得厅堂下得厨房"吧。通过各种工作来丰富自己，让自己对舞台的每一个细节都熟稔于心，我相信这样一来，以后的台前表演就能更加得心应手。

* 作者为音乐专业学员。

总结小语

陈立铭 *

　　时光飞逝，为期一个月的部队实习即将圆满结束。经过这一个月的实习我认识到要想在部队建功立业，以下几个要素必不可少。一是合格的思想政治素质。合格的思想政治素质是建功军营的前提条件，要想做好基层工作就必须在思想上做到安心工作。二是过硬的军事、文化素质。过硬的军事素质是立功基层的根基保证。在与指导员交谈时，他告诉我，在基层部队，自身素质过硬才能做好表率，只有什么工作都身先士卒，战士们才愿意对你信服，在战士们的心里才会有地位有威信，连队的各项工作才容易开展。三是具备精干的管理组织能力。四是要有战胜艰苦的勇气和毅力。实习过后，我看到了自身的优势，但更多

的是自己的缺点，这也给我指明了后面努力的方向。我要调整心态，正确认识在基层部队的工作方向。此次实习受益匪浅，满载回忆，破浪前行。

何以称之为坚强

孙睿祺 *

遥想当年，红军长征，中国工农红军以血肉之躯谱写了人类历史上无与伦比的英雄史诗。在老一辈革命先烈曾攀登征服过的十八座险峻高山中，生与死是鲜明的分界。向上是生，向下是死；头上是生，脚下是死。每一个举手投足、每一次吞吐呼吸无不是生命的循环、无不是一曲回响在祖国伟岸山河的壮烈凯歌。这一刻，凯歌的音符握在我的左手；这一刻，生命的丝绒系在我的右手。那有一道岩缝可以做登山的保护处——揳进它，直到五指嵌入其中，在这一瞬间，我的肌肤甚至要硬过了山的肌肤。直到手指的指纹与山石的纹路紧密嵌合。在这一瞬间，我沉浸其中，感受到了老一辈革命烈士的情感传承。像一套严丝合缝的螺钉螺母将我们拧在一起，锈成一掌，任何

* 作者为戏剧专业学员。

力量都无法使之分开。

　　行军队伍依旧如同一条长龙盘卧在太行山的脊梁，在造物者的手里大自然是如此巍峨壮丽，我们在自然面前是脆弱的。真正能称得上坚强的是在烈火与热血中得到永生的爱国主义情感和传承红色基因、担当强军重任的高尚情怀。

其中体会

王俊淇[*]

　　这是我第一次来到战略支援部队，这是一支作风过硬的通信部队。这里的每个人都多才多能，十分友好和友善，而且都是技术型人才。这里的部队负责下达中央军委向全军的号令，而且已经用了最先进的光缆技术。这里一共有三个连队，我所在的是钢八连，连续 38 年获得先进称号，而且有全国性的先进党组织荣誉。这是十分难得的。另外两个连队是九连和十连。九连负责报务话务工作，有女兵。十连好像是坑道工作。我们八连则是巡线。该连有非常光荣的历史，一位叫易文军的同志曾为了保护国家财产牺牲了。我们连长带我们去了连队的荣誉室，他说每到清明都会来这看看老易，上点烟，是一种尊重，每个在这儿的主官都会这样。每晚点名我们都会第一个点易文军，全连官兵一起答：到。后来，我们也这样做了。

---

　　[*] 作者为戏剧专业学员。

舞蹈文艺兵

杨　艺 *

　　作为一名舞蹈文艺兵，这次的扎根基层、深入基层为我注入了一股新能量，深入基层部队，贴近战友生活，寻找创作灵感，完成创作作品，展示创作作品。在这里的四个星期，我们一共完成了四场晚会。每每看到台下连连叫好的战友们洋溢着热情的笑容，突然觉得能为他们这样一群人、这样一群驻扎在小山村里的战友们带来一丝温暖、一丝喜悦、一丝微笑，对我们文艺兵而言就是一种幸福、一种满足、一种成就感。

　　在这里的日子里，我经历了很多从前没有经历过以后也未必有机会经历的事，二十多公里的徒步行军，苦乐参半。贴近群众接地气的惠民演出和帮厨都让我意犹未尽，每个人的心里都装载着满满的幸福

　　* 作者为舞蹈专业学员。

感，觉得所经历的一切都是值得的。就像徐主任告诉我们"让心灵开花"，我们这群人在这学到了很多在课堂上在校园里接触不到的事物和人，多年以后回头看，一定会感谢现在努力的自己和当初带领我们来到这里的那群恩师以及这里亲爱的战友们！

诗和远方

薛传杰*

这个学期开学没有诗和远方，甚至没有空调和冰镇饮料，有的只是三伏天训练场上的大汗淋漓。下基层部队创作实习的这一个月里，与连队战士实行"五同"，虽然很辛苦，却也充实。说实在的，变化很大。跟基层的干部骨干聊天，他们说：现在的基层跟以前不一样了。实习期间我一直在观察，也一直在反思总结。

我是一名舞蹈专业的学员，在学校里只懂得苦练舞蹈，把老师教给我们的内容学好了，记住了，会做了就可以了，但是听完主任的动员会，我发现这样做真的是远远不够的。学校为何改名，为何把四大系合并成一个系，为何不叫军事文艺表演系而是叫军事文艺创演系，就是要让我们能够自编、自导、自演，为

＊ 作者为舞蹈专业学员。

了毕业后去部队能够更好地发挥自己的过人之处！我明白主任给我们开动员会背后的想法和目的，称得上是用心良苦，为我们的前程、发展着想。

榜样·力量

吴逸芊*

　　花木兰靠着自己的坚毅与耐性，通过了许多困难的训练与考验，成为军中不可或缺的大将。我希望自己也能够像她一样，靠毅力与耐性为部队多做一些力所能及的事情。在这里演出，我们带来了90%的原创作品，都是我们师生共同完成的，在这个过程中我们更加了解、理解这里战友们的生活和工作。我对其中口这个地方的感受就像歌词里写的一样，每一种爱都是一种守望，每一种期盼都是一种力量，每一种聆听都是一种向往，每一种奋斗都是一种榜样。

　　在这次创作实习中我增长了见识，锻炼了才干，培养了自己的韧性，更为重要的是检验一下自己所学的东西能否被社会所用，自己的能力能否被社会所承认。社会实践活动给生活在都市象牙塔中的大学生们

　　*　作者为舞蹈专业学员。

提供了广泛接触基层、了解基层的机会。深入基层，同基层领导谈心交流，思想碰撞出了新的火花，也理解了"从群众中来，到群众中去"的真正含义。

珍　惜

张　曦 *

对于一个学习舞蹈的人来说，我认为人生的经历、阅历以及感受对舞蹈的鉴赏与创作有很大的作用。这里的每一次实践、每一次任务、每一次体验都给了我很大的感触，也为我将来创作舞蹈积累了很多素材。感谢那一场中秋晚会，王老师给了我一次当老师的机会。记得张天政跟我说了一句话："曦曦你一定要好好教她们，不要随便乱发你的公主脾气，战友们特别喜欢我们教她们才艺。"我每说完一个动作，做完一次示范，她们都一遍一遍不停地练习动作，每一次跳都有新的改变，即使她们练得浑身是汗，也不说一个累字。哪像我，在课堂中有时候偷懒，总觉得自己脑子够用，课下也不去练习。在她们身上我看到

＊　作者为舞蹈专业学员。

了"珍惜"这两个字，她们把这两个字体现得淋漓尽致。我真的太喜欢她们了，她们身上有太多太多我要学的优点，在我眼里她们是完美的。

随　记

李昱庆*

　　我们是以普通战士的身份，与战士们同吃同住，与战士们一起出操，一起训练，一起劳动，深刻体会到战士们的辛劳，也见识了很多从来没见过的设备和工作。

　　刚开始的几天，我们的主要工作是和班长们一起外出工作，修理水泵，在干活中通过和班长沟通交流，我找到了自己与这些战士的差距，也对我自己毕业后的工作有了明确的定位。

　　随着时间的推进，我们了解到了这里最神秘也是最让我兴奋的工作——报务员，又在老营房的授课中找到了《夫妻哨》的创作灵感。最后，经过黄老师的帮助与精心编排，我们共同完成了群舞和双人舞两个作品，在中秋晚会与总结实习晚会上得到了首长和主

　　　*　作者为舞蹈专业学员。

225

任的肯定。临走前的篮球比赛我们也取得了胜利，不
过友谊第一，比赛第二，也像徐主任所说的这次活动
让我们的句号更加圆满。

何为其中

王统力 *

其中，何谓其中，
爱在其中乐在其中。
忠诚，何谓忠诚，
初心忠诚信念忠诚。
责任，何谓责任，
为人民服务是肩上的重任，
作为一个革命战士，
只为这身戎装的使命！

---

* 作者为舞蹈专业学员。

徒步行军

李旭晨 *

　　此次创作实习，印象最深的就是徒步行军，二十多公里的山路，一路上各种险阻都阻止不了我们前进的步伐。我们连队在本次徒步行军中担任尖刀队的任务，途中走不过去的地方，包括碎石、陡坡、有水流的地方，都是我们连队的战士用手挪开每一块石头，用手拔掉错综复杂的枝蔓，真的特别感动。中午吃的单兵自热米饭，也是第一次吃这样的饭，返程前还表演了节目，特别愉快！

---

　　* 作者为舞蹈专业学员。

完美句号

王国旺 *

在这短短不到一个月的生活中，我们做了很多事情。举办了四台演出，分别是：音乐专业的专场演出、惠民晚会、中秋联欢晚会和最后的实习成果晚会。这一次次的演出虽然相比以前的演出，舞台小了、观众少了、条件差了，但意义大了。在这儿的演出考验了演员的素质，一名好的演员不论什么条件都要对得起舞台，对得起观众，不能觉得是小演出就糊弄、不上心！这里的每一场晚会都是我们在老师的指导下共同完成的，从台前到幕后都是我们自己去参与。开始会觉得麻烦，但站在舞台上看到台下的村民和战友们的笑容和他们给予我们的掌声，顿时觉得一切都是值得的。在大家的努力下演出的效果一次比一次好，组织也一次比一次娴熟。直到 27 号的最后一

---

* 作者为舞蹈专业学员。

场实习成果汇报，演出的节目百分之九十都是我们在这里的所看所感所悟，用我们自己专业的表现形式呈现出来的。演出非常圆满，给这次实习画上了一个完美的句号。

双 彩 虹

李博瀚*

　　最近流传在同学们身边的一句话就是："彩虹是怎样从我们内心深处升起来的？"此话源于我们那次的全迷彩文艺会演。在演出的前几天，我们接到通知要排练一场演出，给整个其中口的父老乡亲们表演，大家很快进入了紧张的排练阶段。我们的节目是新军靴，但这次跟以往不同，没有服装，没有靴子，只有迷彩，只有作战靴，11 日上午我们进行了最后一次联排，效果不是特别好，可能就是这些客观原因影响了我们的发挥。比如舞台没有地胶，更没有地板，只在水泥地上铺一层薄薄的红色毯子勉强对付。尽管如此，我们并没有怨言与不满，所有人都全心投入，力争克服一切困难，目的只有一个，那就是把这场演出顺利演完。一切都在计划中有序地进行，唯独老天爷

---

　　* 作者为舞蹈专业学员。

不给力，突然变脸，在演出前的一个多小时，晴朗的天空突然乌云密布，淅淅沥沥的小雨悄然而至，接着倾盆大雨弥漫了整个山谷。有的人慌了，跑去问主任怎么办。主任笑笑说，没关系的，一会儿雨要是还不停，这个露天的观众就由我一个人来当，你们尽情发挥，我做你们的"粉丝"。大伙一听，心定了，所有人像打了鸡血似的重新回到岗位上忙活起来。一会儿，雨慢慢小了，天上出现了一道彩虹，大家听闻后急忙跑到雨中去欣赏这一美景。望向天边，彩虹连接着山谷与天空，不一会儿又一道彩虹出现，大家呐喊道：双彩虹，太美了！彩虹在我们的眼中美，在我们的心里更美。因为它就是我们内心深处升起来的彩虹，正所谓：红军后代文艺兵，山高路险送爱心，真情感动天和地，风雨过后见彩虹！

让心灵开花，那道彩虹是从我们的心里升起来的。

图书在版编目（CIP）数据

其中大有文章／徐贵祥等著. -- 北京：中国文史
出版社，2023.5

ISBN 978-7-5205-3535-9

Ⅰ．①其… Ⅱ．①徐… Ⅲ．①随笔-作品集-中国-
当代 Ⅳ．①I267.1

中国版本图书馆 CIP 数据核字（2022）第 092907 号

责任编辑：蔡晓欧

出版发行：**中国文史出版社**

社　　址：北京市海淀区西八里庄路 69 号院　　邮编：100142

电　　话：010-81136606　81136602　81136603（发行部）

传　　真：010-81136655

印　　装：廊坊市海涛印刷有限公司

经　　销：全国新华书店

开　　本：880×1230　1/32

印　　张：7.875　　　字数：122 千字

版　　次：2023 年 5 月第 1 版

印　　次：2023 年 5 月第 1 次印刷

定　　价：55.00 元